KB034723

문학과지성 시인선 443

레슬링
질 수밖에 없는

채호기 시집

문학과지성사

문학과지성사에서 펴낸 채호기의 시집

지독한 사랑(1992)
슬픈 게이(1994)
밤의 공중전화(1997)
수련(2002)
손가락이 뜨겁다(2009)

문학과지성 시인선 443
레슬링 질 수밖에 없는

펴 낸 날 2014년 2월 25일

지 은 이 채호기
펴 낸 이 주일우
펴 낸 곳 ㈜**문학과지성사**

등록번호 제1993-000098호
주   소 121-840 서울 마포구 서교동 395-2
전   화 02)338-7224
팩   스 02)323-4180(편집)   02)338-7221(영업)
전자우편 moonji@moonji.com
홈페이지 www.moonji.com

© 채호기, 2014. Printed in Seoul, Korea

ISBN 978-89-320-2533-9

문학과지성 시인선 443

레슬링 질 수밖에 없는

채호기

2014

시인의 말

처음엔, 문을 열고 거기 있는 사물에
눈을 맞췄다. 그다음 눈을 맞출 때마다
시선은 손이 되어 그걸 어루만졌다.
두번짼, 책을 열고 거기 있는 언어에
눈을 맞췄다. 그다음 눈을 맞출 때마다
사물들이 생겨나 쌓였다.
(수직의 사물, 수평의 책이 짠 천 한 폭.)
이젠, 든 게 아무것도 없는 듯한 보자기 한 꾸러미.

2014년 늦겨울
채호기

레슬링 질 수밖에 없는

차례

피부가 찢어져 노출되는 글자

창문

어떤 문장은 출입구 없이
창문만 있는 좁은 방.
그 창문에서 그대가 내다보는 것을
오후의 햇빛이 지켜보았지.

그녀가 문장을 읽을 때
그대는 유리창에 어른거리네.
창문을 통해 그녀를 바라보는
그대는 사라지는 그녀의 현기증.

어떤 문장은 창문만 있는
실내가 없는 반지.
아무도 보지 않아도 그대는
그녀의 손가락에 매달리지.

창문을 봉해버린 집,
더 이상 그녀가 읽지 않아도
그대는 보이지 않게 홀로 검은
출입구 없는 침묵의 돌.

눈꺼풀

눈꺼풀 아래 그가 있다.
그녀는 눈을 깜박이며 그를
어루만진다. 책을 보다가
그를 발견했을 때 그녀는

글자를 뒤적거렸다. 마치
그가 글자의 검정 물체 속에
녹아 있는 것처럼. 그녀는
책을 덮고 눈을 깜박거렸다.

글자의 검정 덩어리들이
눈에 들어 까끌까끌했다.
책을 열고 그녀는 손가락으로
글자의 검정 선들을 더듬어본다.

글자는 쏟아지지 않고 여전히
책에 붙어 있다. 눈꺼풀 아래
그가 있다. 그가 책에서 생긴 건지

머리에서 생긴 건지 그녀는 알 수 없다.

눈으로 책을 뒤적이고 눈으로
그녀의 머리를 뒤적거려볼 뿐. 다만
지금 그녀가 분명하게 알 수 있는 건,

눈꺼풀 아래 그가 자극한다는 것,
웅얼거리는 소리와 함께 지지직거리며
일그러지는 희미한 영상과 검은 신체로,
그녀를 드나들고 마음대로 훔친다는 것.

한밤의 침입

짓눌림, 따뜻한 체온의 이불, 허전한
맨살을 덮어 가리는 매끄러운 이물감,
젖꼭지에 닿는 실크의 감촉, 입술을
누르는 다른 입술. 그는 어디에 몰래
숨었다가 이렇듯 그녀의 성감대를
작동시키는 걸까? 그녀 몸 구석구석
스탠드에 거역할 수 없이 불이 들어
오고 너무 문지른 살갗이 발갛다.

힐끔, 본 거울에는 그녀의 충혈된
성욕이 그녀를 멍하게 바라보고 있다.
                              그가
없다. 그녀를 덮어 누르던 이물감도
없다. 그는 이미 그녀의 눈 안으로

빨려 들어갔다. 생각의 문을 닫고 문고리를
붙잡은 채 두근거리는 심장을 가다듬고 있다.
그래봤자 그 또한 크기를 알 수 없는 성욕의

시뻘건 목구멍 한쪽임에도 불구하고.

책에서 나온 그녀는 생각의 문을 닫고
울렁거리는 이 밤이 책 안으로, 글자 바닥
으로 졸아들기를 기다릴 수밖에 없다,
그녀에게서 나온 불빛과 감촉,
그, 그녀의 밀물이 멈출 때까지.

질 수밖에 없는 레슬링

흔적일 뿐인 글자에서 그는 흘러나온다.
사실, 그가 흘러나온 게 아니라, 처음에
얼룩이 번진다, 심장 덩어리의 붉은 얼룩?
절단면이 뭉툭한 푸줏간의 선홍색 고깃자루?
노란 알전구와 빛의 원추형 입방체? 그 이전의
무엇, 알 수 없는, 그녀를 붙잡는 번짐, 얼룩,
흔들림, 진동…… 이게 다 우연일까? 그녀는
스위치가 있다는 것도, 작동한다는 것도, 켤 줄도
알고 있다. 스위치를 올리면 글자에서 무언가
흘러나오리란 것도 예상할 수 있었을 것이다.
그녀 생각에, 글자에서 그가 흘러나온 것은
아무래도 우연이다. 그가 그녀 생각 속의 그와
너무나 달라 그를 알아볼 수 없었고 오물거리는
글자들이 그녀를 사로잡았지만, 그것들—찢어질
듯 팽팽히 잡아당긴 살빛 껍질, 팔 다리 머리
몸통을 마구 구긴 살덩이, 내장이 뒤엉킨 쥐어짠
감정걸레, 축축한 그림자를 늘어뜨린 축 늘어진
불알—속에서 그녀가 그를 알아볼 수 있는 것은

아무래도 우연이 아니다. 그것들에 미세하게
그녀의 흔적이 들어 있다. 그녀 생각 속에,
검게 지운 흔적처럼 지우고 뭉갠, 그의 감정과
행동 들이 그의 기괴함의 정체. 매일 밤
그녀가 치르는 악몽은 그녀가 질 수밖에 없는
그와의 레슬링, 빠져나갈 수 없는 링 안에서
그녀는 붉은 살덩이에 짓눌리고, 일그러진
불안에 사지가 졸린다. 매번 그녀의 사타구니에서
그를 알아보고 화들짝 놀라는 그녀 생각의
짓뭉갠 검은 얼룩에서 그는 재빨리 흘러나와
글자의 검은 흔적 틈새로 얼른 숨어든다. 마치
그다음에 그녀가 읽을 글자들이 그것이란 걸
미리 알고 있기나 한 것처럼.

중얼거림

그를 본 순간 중얼거리는 소리가 몸 안을 휘돈다.
그를 본 순간 그녀의 내면에 그림자가 드리워진다.
책을 열고 그를 본다. 그녀 안에 숨어 있던
그의 눈이 그에게 눈을 맞춘다.
그녀는 갈증으로 눈을 감아버린다.

그의 거주지는 책.
그녀의 눈빛이 닿을 때까지 그는 책 속에 오래 죽
어 있다.
그녀가 그를 마주하는 순간, 그녀의 입안에 중얼
거림이
생겨나고, 입술을 달싹여 중얼거리지 않아도, 그
는 그녀 안에
살아난다, 중얼거림의 거품에서 그가 태어나기라
도 한 듯이

그의 얼굴은 이번에는 불안. 이미,
그녀의 불안이 재빠르게 다가가 그에게 입 맞췄다.

그녀가 불안에 쫓겨 책을 덮어도, 이미,
그녀의 입술에 그의 입맞춤이 남아 있고
그녀 생각의 홀 안에는 온통 그뿐.
눈 감으면 더 또렷하게 그의 손이 더듬어 희롱하고
주위 시선을 의식하여 움츠려도 그녀 불안의
돌기들이 그의 손가락보다 더 흥분할 뿐.
그녀는 그를 어쩔 수 없다.
그의 새 거주지는 그녀의 홀,
그녀의 홀 안에 중얼거리는 불안의 거품들.

항구의 목소리

목소리는 울렁이는 뱃전에서 내려
그녀의 귀에 도착한다. 글자는 오랜
항해로 멀미 나는 배에 실려 바다를
건넜다. 글자를 봉인하고 있는 책의 대못을
뽑아라, 쉬잇, 언어의 뼈들이 헝클어지지
않고 두터운 먼지 속에 가지런한가?
뼈를 덮고 있는 널빤지를 뜯어내라,
쉿, 그녀 몰래 언어 안에 인광처럼
숨어 있는 그를 수색하라, 그녀의
눈이 그 인광에 홀리기 전에.

그는 그녀를 만나기 위해 수백 년 전에
이 세계를 떠났다. 언어 속에 자신의
정체를 숨기고 글자 뒤로, 글자와 글자
사이로 난 미로를 따라 사라졌다.

책을 열고 글자 속으로 망명했다는
소문, 책을 닫고 입을 시멘트로

바른 돌계단이 되었다는 소문,
온종일 돌계단을 삼켰다 뱉는
파도가 되었다는 소문이 그가
사라진 빈 구멍을 메웠다.

배가 도착한 뒤 줄곧 그녀는
그 돌계단 위에 서 있다.
파도로 내려가는 그 돌계단을
줄곧 물결이 쓰다듬고 언어의
목소리는 울렁이는 뱃전에서
내려 그녀의 몸에 도착한다.
그가 거기 있나? 어두운
항구에 몇 토막 불빛들. 그녀는
온몸으로 목소리를 뒤진다.

팽창

눈 속에 너무 많은 것을 집어넣었다.
바라보는 것들은 눈을 통과해 스며들지 않고
눈 속에 쌓이고 쌓여 팽창한다. 동그란
침묵의 껍질을 찢고 글자들이 자꾸만
삐져나온다. 책을 덮는다.

눈 감으면 포근한 암흑인 것 같은데
새하얀 들판, 낮밤을 알 수 없는
희끄무레한 생각의 장소. 짐승 발자국,
새 발자국, 내가 걸어온 발자국조차 없는
하얀 백지, 생각의 공간에는 우두커니
내가 서 있고 나머지는 새하얀 공백.
시야는 지평선으로 뻗어나가기는커녕
창 없는 흰 벽의 독방에 갇혀 있다.
사방을 가로막는 흰 눈이 내리고 나는 생각
속에서 더 이상 발걸음을 옮기지 못한다.

눈 뜨면 계속해서 눈이 내리고 눈은

어쩔 수 없이 눈 속으로도 들어간다.
녹지 않고 쌓이는 눈, 반짝이는 눈을
골똘히 바라보면 공중에서 떨며 시늉하는
글자. 생각의 장소에 글자는 그치지 않고

내린다. 얼어붙어 미끄러운 생각.
글자가 녹아 스며들고 흘러 생각에 새로운
물이 보태지고, 몸을 흐르고 흘러 윤기 나는
율동의 생각이 생기나는 활동을 깨우거나,
입 밖으로 흘러 말이 되어 너의 말랑말랑한
생각 속에 뒤섞이지 못하고 생각의 장소에
글자들이 딱딱하게 떨어져 쌓인다. 모나고
까끌까끌한 글자들, 바라보면 글자들은
눈을 통과해 스며들지 않고
눈 속에 쌓이고 쌓여 팽창한다.

눈은 생각한다

아래위 눈꺼풀을 가는 봉에 말아 강제로
고정시켜놓은 눈은, 곧 자기를 벨 칼날의
반짝임을 보지 않을 수 없다. 감을 수 없는
눈을 붙잡는 강한 빛의 빨판, 모든 것들이
그곳으로 흡입되고

눈은 자기를 빨아들이는 그 밝은 구멍에
홀로 맞선다. 눈은 생각한다, 가지런하게
뻗은 다리와 팔, 저항하지 않고 누워 있는
몸통을, 눈은 생각한다, 목까지 덮고 있는
얇은 푸른 천과 동그랗게 눈만 남기고
얼굴을 덮고 있는 푸른 고무판을, 눈은
생각한다, 수술칼이 말랑한 자기 신체를
자를 때의 아픔을, 눈은 생각한다, 자르는
칼과 꿰매는 바늘 잘리는 눈과 꿰매지는
눈을, 눈은 생각한다, 그 모든 상황을
낱낱이 봐야 하는 두려움과 공포 불안을,
눈은 생각한다, 불안은 불안의 것이고,

공포는 공포의 것, 눈은 생각한다, 공포
불안은 생각이고, 생각의 것일 뿐이야!

"아래쪽을 보고 계세요."
의사의 소리가 들린다.
눈 흰자위 섬유질에 칼날 닿는 감촉이
차갑다. 감을 수 없는 눈은, 가운 밑의
무력한 외침을 더듬거린다, 손가락
발가락을 부릅뜨고 보이지 않는 아픔과
공포를 낱낱이 측량한다.

휴식

　노곤하고 무기력하여 잠 속으로 깊이 드러눕는다. 휴식은 어디 있는가? 꿈속에서 달콤한 휴식을 찾아 쉼 없이 이리저리 달리고 개처럼 킁킁거리며 아무 데나 주둥이를 들이밀며 열심히 잠을 쑤셔대고 헤맨다.

　휴식은 어디 있나? 죽음의 배 속에나 들어 있다. 방금 먹은 휴식을 소화하느라 배 속이 부글부글 바쁘고 시끄럽다.

　그만 죽고 일어나자.

타임머신

전화가 왔다.
한 여인이 나를 찾는다.
기억을 더듬고 현실을 들춰도
그 여인이 찾는 건 내가 아니다.

　　아니에요.
　　당신이 찾는 그는
　　책 속에 있어요.

　　아니에요.
　　그건 내 과거가 아니에요.
　　당신이 그를 만난 건
　　책 속 어떤 페이지에 있는
　　한 문장에서일 겁니다.

　　그 타임머신이 간 곳은
　　나의 과거도 나의 미래도
　　아니에요.

이곳이 아닌 다른 곳일 뿐이에요.

그를 잘 아느냐구요?
몰라요. 손가락과 펜촉이
그를 만들어내는 게 아니에요.
내가 상상하는 그는
당신이 만났던 그가 아니에요.

만나자고요?
타임머신에 동승하자고요?
그건 안 돼요.
그러고 싶지 않아요.
그리고, 미안하지만,
다신 전화하지 말아요.

전화를 끊었다.
승강장이 아닌데도
기차가 멎었고 승객들

속으로 사라지는 나를
날짜와 시간을 넣어
구석에 있는 CCTV가 촬영한다.

파란 하늘에 비행운이 남았다.

모자

모자라는 단어가 있다.
단어에서 그녀가, 물컹, 생겼다.
모자 쓴 그녀가 저기 산길을 간다.
책 속에 모자가 그녀를 가리킨다.
따라잡을 수 없다. 그녀가 앞서 간다.
발밑에 뾰족한 돌이 발바닥을 지그시 누른다.
그녀의 허리 밑 허벅지 위에 두 개의 돌
지금 그녀를 보고 있는 이 시간처럼 단단하다.
돌이란 단어를 들추면 그녀가 도둑게처럼 달아
난다.
돌을 밟으면 몸속에 그녀의 말이 울려
터질 듯 팽팽해지며 그득해진다.
그녀의 목소리, 녹색의 새로 피어나는 잎
그늘 밑을 걸어간다. 그녀의 그늘에 젖어
처음 생긴 그녀를 알고 싶다.
가쁜 호흡이 그녀에게 말한다.
말없이 땀이 솟고 손안에 잡혀 두근거리는
새처럼 심장이 그녀의 등에 닿는다.

그녀가 돌아본다. 보라색 엉겅퀴꽃이
회녹색 줄기 위에서 차분하다.
그녀가 말한다. 공동묘지 사이
한 무리 금잔화 위로 바람이 지나간다.
가볍게 손을 흔드는 노란색들
노랑이란 단어가 동공을 물들인다.
노란 현기증이 몸에서 빠져나와
산 위를 활공한다.
공기를 저어 나아가는 노란 해
그녀의 금빛 얼굴이 물 위에 뜨고
앞서가는 그녀의 뒷모습 위에
재빠르게 노을의 커튼이 떨어진다.
이름을 알 수 없는 열매를
부리에 머금어본다.
돌이 그녀를 누르고 있다.
흘러가는 그 문장 위에서.

고통의 또 다른 여정

고통의 그 견디기 힘든 길에도
낮과 밤이 있고 끝없는 들판
어느 한곳으로 사라지는 그리움이 있다네.
장밋빛 석양이 차창을 불 지르고 조용히
꺼져가는 황금빛 한숨이 길가 시들어가는
풀잎에 머무는 이 여정에서, 홀로 핸들에
머리를 묻고 먼지 낀 차창 밖으로
젖어드는 어둠을 내다보는 이여,
슬픔과 고통에 몸을 적시지 말라.
이 길은 네가 왔던 길을 기억하는
그대가 그대의 기억 속으로 고통스럽게
되돌아가는 네 머릿속의 길에서 다시 한 번
겪게 되는 지나온 삶의 풍경과 만남과
문장이니, 낯섦과 놀람의 외진 절벽에
스치듯 순간의 깊은 그림자를 새겨놓는구나.
길바닥에 남긴 흙과 돌, 타이어 자국의 문장들이여!
충격에 떨지 마라, 삶의 구석을 낳은 처음의 장면
들이여!

고통은 빈집이고, 그대가 끝내 부르고 두드린다면 생각의

　문이 열리듯, 꿈꾸는 그대 뇌의 신경다발에서 걸어 나오는,

　네 좆을 빠는, 고통의 벌거벗은 정면을 보게 되리라.

　보게 되리라, 그대가 바라보기도 전에 이미 네가

　고통이 되어 그 모퉁이에서 천천히 돌아보는 것을.

어서, 어서 해야만 하는데

계단 위는 천장 없이 구름과 파란 하늘이다.
어서, 그 허공에 닿아야 했고
갈급한 마음에 침이 마르고 혀가 갈라지는데,
다리는 무거워 한없이 느리고,
잦은 에러로 정지하는 동영상처럼, 몸은 답답하다.
한 계단 오르면 슬그머니 미끄러지며
계단은, 다시, 제자리로, 돌아오고,
온몸이 식은땀으로 젖어드는데,
움직이는 계단은 발을 단단히
받쳐주지 않고 헛돈다.
눈 들어 계단 위를 바라보면
어느새 계단은 잭의 콩나무처럼
자라 있고 하늘은 까마득히 멀다.
무엇엔가 쫓기듯 심장은 팽창하여 벌렁거리고
손은 부들부들 떨리고 발바닥은 계단에서
떨어지지 않는다. 뒤돌아보면
올라온 계단이 사라지고 없고
바로 등 뒤, 바닥이 까마득한 허공이다.

어서, 어서 해야만 하는데……

*

무엇엔가 쫓기듯 심장은 팽창하여 벌렁거리고
바늘구멍에다 털실을 끼워야 하는데
진정하려 해도 손이 떨린다.
실 끝에 침을 묻혀 뾰족하게 하여
구멍을 겨냥하여 쑤셨는데
들어가지 않고 구겨져버린다.
다시 침을 묻혀 뾰족하게 만들었는데
바늘을 놓쳐버렸다, 그 작은 바늘을.
불은 침침한데, 바늘이 떨어진
탁자 밑은 더 어둡다. 손끝으로
더듬어 간신히 잡아 불빛에 비춰보니
녹말로 만들었다는 초록색 이쑤시개다.
다시 엎드려 손끝으로 더듬거리다가
일어서다 탁자 모서리에 뒷덜미를

아프게 부딪힌다. 벌렁거리는 심장
고통이 스펀지마냥 통증을 빨아들인다.
바늘을 찾다 보니 이제는 오른손 끝에 들고
있던 실 끝이 어디론가 사라지고 없다.
그리 길지도 않은 실타래가 노란 먼지처럼
구석에 처박혀 있는 것을 운 좋게
발견한다. 바늘구멍에 끼우기 위해선
뭉친 실타래를 풀어야 되는데
손끝은 바들바들 떨리고, 어서
어서 해야 하는데, 실은 미끄덩한
국수가 되어 손끝에 집히지 않는다.
어서, 어서 해야만 하는데……

trumpeter
— 이주한에게

담뱃불 빛,

어둠에 싸인

반짝이는 트럼펫 소리,

속삭이는 소리가 남긴 재

의 말을 듣는 담배 피우는 사람,

트럼페터, 자신의 몸을 말아 피우는 사람,

소리가 타들어가며 반짝이는 트럼펫.

어둠에 말하는 담뱃불 빛, 침묵을 터질 듯 팽팽

하게

부풀리는 담배 연기의 메아리,

통통 튀며 구르는 여름밤, 흠흠 음악을 마시며

왁자지껄 헬륨풍선으로 떠오르는

여름밤의 사람들,

단 하나의 불빛으로 듣는

트럼페터, 담배 문 사람.

사막을 걷는다

……그리하여
사막에서 걷고 있다.
해는 있는지 없는지 보이지 않고
밤도 낮도 아닌 희부연 하늘이다.
눈앞에는 아득한 지평선, 발 앞에서
그곳까지는 비슷한 높이의 구릉들이 솟았다
꺼졌다 하며 첩첩 층을 이룬다.

좌우로 눈을 돌리고 뒤를 돌아다봐도
거의 같은 공간이어서 몸의 방향을
바꾸었는지 아닌지……
마치 몸을 중심으로 거대한 원주를 그리고
있는 지평선이 시시각각 바깥으로
퍼져나가는 것은 아닌지……

걷고 걸어도 지평선은 그 자리에
그대로다. 걸을 때마다 모래는
부드럽게 발을 덮고 물 위를 걷는

것처럼 지나온 발자국은 모래 위에
파동을 그렸다가 흔적 없이 사라진다.

사막을 걷는다. 걷고 있는 것인가?
구릉을 올랐다 내려가고 올랐다 내려가고
걷고 있는 것인가? 멀리 아스라한 지평선,
멀어지는 지평선은 거기 있는데 헤어날 수
없는 막막함은 지금 여기 있다.

울 엄마

학교 연구실 형광등 아래 갇혀 실기고사 채점을
하다 화장실 가려고 문을 여니 우리 엄마 앓아누운
병상 앞이다. 울 엄마 죽을병 걸려 오늘낼하는데 나
는 시험지 채점한다. 울 엄마보다 이게 더 중요하니
까. 엄마에게 등 보여주고 문 열고 나가면 다시 학교
연구실일까? 하던 채점은 끝내야 하니까.

아픈 엄마가 무섭다. 태어나기 직전부터 지금껏
받기만 했는데 드릴 게 없으니 살이 졸아들고 주눅
든다. 사실 일은 핑계다. 아픈 엄마 옆에서 지켜드리
는 것보다 더 중요한 일은 있을 수 없다. 그런데 나는
도망친다, 무서워서. 엄마 보기가 무섭다. 드릴 게 없
는데 엄마가 나보고, 이제 니가 내놔라, 할 것 같다.
네 남은 삶이라도 내놔라, 하실 것 같다. 안 아프시
고 아직 아름다우실 때는 내놓을 수 있을 것 같았는
데, 내가 생겨난 그곳으로 도로 돌아가는 거네, 웃으
며 내놓을 수 있을 것 같았는데, 이제 막상 울 엄마
깊이 찔러 오는 퀭한 눈이 무섭기만 하다. 도망가려
고 밍그적밍그적 문을 여니, 거기 나, 소싯적 찢어져

너불너불한 따귀 꿰매는 안타까운 병실 담긴, 울 엄
마 초조한 큰 눈 있다. 나 울 엄마 그 큰 눈 속으로
들어갈 수 없다. 엄마 이제, 눈감아버렸으니까.

이별할 수 없는 단어

이 세상에는 영원히 이별할 수 없는 단어가 있다.
그건 '어머니'다.

잠의 육체에서 태어나는 새벽이 이마 위에 얹힌
손이란 걸 알기 때문이다. 악몽은 악몽을 낳지 않고
손을 낳는다. 손에는 희미해져가는 별의 온기가 남
아 있다. 저의 악몽이 손을 낳을 리도 없지만, 별안
간 악몽이 손으로 흘러 사라지는 것도 어머니의 힘
이다. 손가락에 열린 눈동자로 지긋이 반복되고 반
복되는 저의 악몽을 굽어살피시는, 어머니는 먼 하
늘에 계신다고 믿는 제게도, 제 이마를 덥히시려는
듯 찬 새벽의 온기로 늘 오신다.

아마 숨이 멎고 난 뒤에도 저는 어머니의 죽음 안
에 태어나고 있을 것이다. 제가 악몽도, 죽음도, 어머
니도, 아무것도 몰랐던 태중에도 이미 어머니의 웅
크린 잠 안에 잉태되어 있었듯, 제가 그 무엇도 아닐
때부터 어머니의 탯줄 안이었다. 저는 어머니의 잠
이었음에도 어쩌면 어머니가 깨운, 누군가 나직하게
혼잣말처럼 부르는 '어머니'라는 단어를 입안에 남겼

다. 새벽별이 떨린다. 그 말은 파르스름한 새벽빛으
로 매번 어머니의 손이 낳는 악몽 든 저의 이마를 깨
우신다.

세상보다 어미가 필요했던

아주 오래전 아들 녀석이 유치원 다닐 때
길가에서 병아리 한 마릴 사 왔다. 병아린 줄
알고 사 왔겠지만 오리 새끼였다. 한나절 내내
귀엽다고 같이 놀더니만, 어느새 녀석은 다른
놀이에 빠져 오리는 구석을 굴러다니는 노란
실뭉치가 되었다. 그다음부턴 오리가 내
발뒤꿈치와 떨어지지 않으려 했다. 방으로
가면 방으로 따라오고, 마루에 가면 마루로
따라왔다. 제법 소리를 내기도 하고 중심을
잡으려 날개 같지도 않은 날개를 펼치기도
하면서 잠깐도 떨어지려 하지 않았다. 다리를
펴고 앉으면 발뒤꿈치에 머리를 기대고 잠이
들었다. 오리는 내 발뒤꿈치를 제 어미라고
생각한 것일까? 자신의 한 부분이라 생각한
것일까? 언젠가 자신의 본모습을, 자신의 삶의
처지를 알아채고 홀로 오리가 되어 세상을 살아
가지 않을까 기대했는데, 겨울의 어느 오후에
죽음으로 독립했다. 햇빛 드는 마루에 노란

잔디를 입힌 무덤 한 채가 되었다. 세상보다
어미가 필요했던 오리, 어떻든 나 혼자 살아
가야만 하는 지금 갑자기 생각난다.

개머리초원

오후라지만 햇빛의 뾰족한 날이 아직 날카롭다.
면도를 하다 베인 뺨 구석의 상처가
피부 위를 따끔따끔 굴러다닌다.

민박집 개는 전혀 짖지 않는다.
마을에 사람이 별로 살지 않아서 그렇다는
이해되지 않는 설명을 주인이 해준다.
주인이 나타나기 전에는 엎드려 일어서지도 않는다.
두 눈은 초점 없이 먼 곳을 향하고 있을 뿐
콧등에서 미간까지 뭔가 움직이고 있어도
포갠 두 발 위에 머리를 얹고 있을 뿐.

검은 돌 틈에서 도둑게가 재빠르게 발등 위를 밟고
검은 돌 사이로 사라졌다. 머릿속으로 손가락을
집어넣어 생각의 미끈미끈한 피부를 만진다.
잘 잡히지 않고 빠져나가는 물컹한 감촉만
남기고 사라지는 머리도 꼬리도 생김새도 알 수
없는

생각이 눈알을 굴리고, 팔을 비틀어도 닿지 않는
등의 감춰져 있는 경사면, 땀방울이 구르는
날갯죽지 아래 비탈을 오른다.

배배 꼬인 소사나무들의 검은 줄기, 돌멩이들 틈
으로
    가까스로 운을 내밀어 하나의 단어로 태어날 때
부터,
    저 끓는 바다로부터 끊임없이 기어 올라왔던 바
람이
    다듬어놓은 문장이다. 바람이 검은 철근 같은 줄
기를
    구부리고 땅 위에 바짝 엎드린 구조물들을 세웠다.
    언어의 구조물, 소사나무 숲! 그것은 버려진 악기
처럼
    파도보다 가벼운 안개만 통과해도 비명을 연주
한다.
    절벽과 파도 거품이 일구어놓은 죽지 않는 문장,

초록 리넨 잎을 중얼거리는 소사나무 숲.

완만한 능선 우거진 풀들 사이로 길이 있다.
내딛을 때만 보였다 사라지는, 물 위의 발자국처럼
어느새 흔적 없는, 풀과 뒤엉켜 사라지는 길이
있다.
양 옆은 그 높이에서 바라보이는 바다. 생각이 끓
고 있는 바다.
생각 넘어 생각의 끈을 놓아버린 망연한 바다.
멀리 바위 절벽에다 이빨을 드러내는 바다.

먼바다를 항해하고 돌아오는 배 위에서
안개가 걷히는 이 섬 가까이로 서서히 접근할 때
개의 머리 형상으로 먼 곳을 바라보는 개머리초원,
사라진 길. 생각은 전혀 짖지 않는다.
두 눈은 초점 없이 먼 곳을 향하고 있을 뿐
콧등에서 미간까지 뭔가 움직이고 있어도
포갠 두 발 위에 머리를 얹고 있을 뿐.

오후의 햇빛이 둥글게 탁자 위를 굴러가다 멈춘다.

펼쳐진 책, 초원 위, 우거진 글자 사이로 길이 있
는 듯

개미가 천천히 걸어가는 페이지에, 그림자로 투
영된

개미의 생각이 검은 활자에 덧씌워져 전진하거나

스칠 때마다, 날카롭게 뻗치거나 둥글게 혀를 마는

글자들이 뒹굴며, 길을 잇고 끊고 변형시킨다.

먼바다를 항해하고 돌아오는 생각이 탁자 앞에

엎드려 있다. 면도를 하다 베인 뺨 구석의 상처가

피부 위를 따끔따끔 굴러다닌다.

오후라지만 햇빛의 뾰족한 날이 아직 날카롭다.

* 인천 앞바다에 숨겨진 보석 같은 섬 굴업도. 거기에 해면에서
  약 백 미터 정도 공중에 떠 있는 구릉을 개머리초원이라 한다.

나무

봄날의 나무 밑에서는 입을 닫고 조용히
귀를 열고 기다려야 한다.
딱딱한 나무속을 깨금발로 살금살금 걸어 다니는
수액의 조심스런 발걸음, 처음 말하는 어린아이의
오물거리는 입들로 가지들이 속삭이기 때문이다.

매끈한 껍질을 찢고 단어들이 움튼다.
마치 흰 종이 위에 매달리는 언어들처럼
눈동자에 미세한 진동을 울리고 귓구멍을 간지럽
힌다.

단어들은 말하기 직전의 볼록한 입술이며
종이에 닿아 쓰기 직전의 뾰족한 펜촉이다.
단어들은 겨울의 검은 땅으로부터 걸어 나와
나무의 빽빽한 시간들을 살아왔다.

뿌리에서 나무둥치 그리고 가지 끝까지
가지에서 다시 나무뿌리에까지

흐르기도 하고 걸어 다니기도 하는 그것은
느낌이 아닐까? 무엇에 대한 느낌일까?
누구의 느낌일까? 나무의 느낌? 아니면
나무를 바라보는 것의 느낌?

가지에서 돋아 오른 움들이 열리는 순간
나무는 말한다, 보들보들한 연두색으로.
그 들리지 않는 엄청난 목소리
바람이 흔들어놓은 것 같지만,
잎 하나에 하나의 목소리, 수많은 목소리들이
합창으로 말하는 화음에 공기가 깨어나고,
움직이는 허공에서 바람이 생겨나는 것.

어떤 새 움들은 목소리를 삼키고
단어로 매달린다. 한 꽃 한 꽃
화려한 색깔의 향기로운 단어들.
유혹하는 단어들은 그걸 읽는 순간
영혼을 빨아들인다. 벌처럼 붕붕거리는 영혼들을.

나무 앞에 선다는 것은 자신의 삶을 떠나
가지들이 매달고 있는 단어들,
가지들이 피우고 있는 건반 속으로 들어가
나무가 경험한 무수한 감각과 감정과 생각 들의
삶을 다시 살아보는 것. 깊은 기쁨과
슬픔의 오래된 나무가 되어보는 것.

외로운 여우

밤이면 찾아오는
날카로운 이를 가진 외로운 여우.
이 어둠과 고요를 헤치는 젖은 코와
여우의 눈으로 나는 지금 저
창밖 어두운 거리를 내다본다.

여우가 걸어왔던 숲과 황야
메마른 돌의 단면, 그 절벽의
긴 그림자가 나를 가득 채운다.

여우 속에 들어앉아 나는
이 인간들의 거처를 어리둥절하게
바라본다. 허기와 먹이를 쫓아
빛나는 두 눈의 광채뿐

내 눈에는 읽을 수 있는 것이 없다.
한때 세상은 책이었고
이제 세상은 열기가 식어가는 사막이다.

새벽 거리에 자동차 불빛이 감시용
서치라이트처럼 번득이고 트럭 밑
더 깊은 어둠 속에 비 맞은 털 짐승
의 비린내, 나는 창 앞 의자 위에
우두커니 갇혀 있다.

털이 뽑힌 채 퀭한 눈동자는
더 가라앉아가는 내면의 짙은 어둠을
뒤적거린다. 무엇을 읽는가?
휙 지나치듯 묻지만, 읽는 건 없다.
두 귀를 쫑긋거리며 눈알 구르는 소리와
신경이 얽혀드는 소리를 들을 뿐.

내뱉는 숨에서 본능의 두려운, 단어 냄새를 맡을 뿐
스탠드는 이미 꺼졌고, 책상 위에
펼쳐진 책에 닿을까 봐 구부린 앞발이
떨리고 있고, 내 눈은 어둠을 쪼는 이빨처럼

빛 튄다. 인기척 없는 야생 어둠
정신의 북쪽 암벽에 매달려 빛 튄다.

나비

자기 생각에 앉았던 나비 알지?
붙잡으려 펜을 들면 날아가는,
나비의 도취한 허밍 걸음이
모음들 날리며 허공을 나아가네.
아무 데나 앉는 생각의 냄새!

생각은 비슷한 향기의 꽃들을 숨 쉬며,
비슷한 소리의 낱말들을 귀로 따
머리의 광주리에 담아놓네. 위험하게
건들거리는 사다리에 발을 디디면
낱말들은 내 육체의 무게로 삐걱거리지.

침대에서 막 일어나 주름도 펴지 않은 생각은
나비의 소리 없는 날갯짓에 취했지만,
초록 잎들 사이에 숨은 색색깔의 낱말들은
난분분하는 의미들을 찰랑거리는
새벽의 수면 위로 흩뿌린다네.

때를 놓칠세라, 그때부터,
내 육체가 한 움큼 부푼 공기로
꽃받침 끝 둥근 글자에 걸터앉아,
날개 무늬에 숨은 미로와 조바심 나는
긴 시간의 손가락으로 만지작거리지!

글자의 곡선에 민감한 펜의 관능으로
이리저리 흘러내리는 낱말들과
물렁물렁한 생각들을, 주물럭거리지!
붙잡으려 눈을 들면 날아가는,
새벽 글자에 앉았던 나비 알지?

글자들이 깨무는 너의 살

어둡고 목마른 육체의 밤에 네 눈은
저 반짝이는 하늘의 동공에 눈 맞추지 않고
부스럭거리는 네 머릿속의 갈증에 귀 기울인다.
네 눈이 바라보기도 전에 낱말들은 너를 주시하고
있었으니, 그 방에, 서가에 꽂혀 있던, 다른 책들
사이에 끼어 있던, 그것을 네가 뽑아 들고 이렇게
펼쳐놓기도 전에, 낱말들은 오래전부터
네가 깨어나는 것을 응시하고 있었다.
네가 일어났던 흰 홑청 위의 허공, 네가
걸터앉았던 흰 좌식 변기 위의 동요하는
공기, 네 엉덩이를 어루만졌던 공기의 지문들이여!

백지 위에 누워 있는, 약간은 종이에 스며든 글자
들은,
네 눈과 교묘하게 부딪치고 녹아들어
광채 나는 눈빛과 충만한 육체, 공명하는 감각들이
갓 태어난 세상으로 울려 퍼지기 전에,
책 속에서 재빠르게 일어나는 글자들은,

네게로 가는 밤과 공기를 휘젓고 걷어치우며, 스탠드

불빛이 만들어낸 커다란 의미의 그림자로,

반짝이는 이빨로 너의 살을 깨문다.

날카롭고 차가운, 아픈 찬란한 의식의 과실들이여,

네 피에 섞여들며 아득해지는 과즙의 미끌미끌한 침들이여!

만년필

만년필이 시를 쓴다, 아니다.
만년필이 글자를 뽑아낸다, 아니다.
만년필이 말한다, 글자들에게,

같은 문장 안에 다른 단어들이 듣는다.
씌어진 단어가 씌어질 단어의
소리를 듣고 춤출 준비를 한다.
손가락이 소리의 제스처들에 응답하며
움직이고, 펜촉의 느린 스텝.

백지가 녹고 글자가 움튼다, 아니다.
글자가 만년필을 붙잡는다, 아니다.
만년필이 글자의 말을 듣는다, 아니다.
글자의 제스처가 손바닥을 유혹한다, 아니다.
글자가 시를 쓴다, 아니다.

글자의 뒤뜰, 만년필이 유영하는 심해, 눈먼
마음과 보이지 않는 것들이 부딪쳐 울리는

소리의 음영에 짓다 만 시의 구조물, 아니다.

구석에 버려진 포클레인, 아니다.

먼지를 뒤집어쓴 채 멈춘 만년필, 아니다.

만년필이 손가락이다, 아니다.

만년필이 글자다, 아니다.

만년필이 시다, 아니다.

의자

백지에 글자가 위태롭게 매달려
있다. 보일 듯 말 듯한 암각에
손톱을 걸어 당기고 발끝으로
간신히 지탱한 채 나는 백지 위의
글자를 흡입하고 혀를 굴려 입술로
작게 소리를 지어본다. 발성과는 상관도
없이 하마터면 나는 암벽에 납작하게
붙어 있는 검은 글자에 앉을 뻔했다.

그가 내게 속삭인다. "의자는 앉는
것이야." 나와 의자의 눈이 서로 마주쳤고,
그 순간 의자는 백지에서 떨어졌다.
얼른, 손을 내밀어 의자를 붙잡는다.
놀란 글자의 땀이 손에 미끈거린다.

암벽에 배열되어 있는 글자들 중 하나에
그가 앉으며 내게도 하나를 내민다.
나는 입으로 그 글자를 중얼거려본다.

그 순간 붙어 있던 파리가 날아 자리를
옮겨 앉듯 나는 백지에 달라붙은 의자에
앉을 수 있었다. 그 잠깐 동안 글자는
꼼지락거리는 파리였고 나는 눈을
반짝거리는 그의 입술 안에 있었다.

잉크병

잉크병에 잉크가 보이지 않는다.
가득 차 있는 것이 보이고 만년필이
그것을 빨아들여 글자를 쓰는데도
글자가 나타나지 않는다. 애초에

글자로 씌어질 수 없는 것이기 때문에
잉크는 펜촉 끝에서 흘러나오지 않고
버틴다. 잉크병 속으로 도로 짜 넣어지기를
기다린다.

잉크는 무의식이다. 푸른 잉크의
'푸른'은 의식이다. 의식이 보는
무의식은 푸르다. 무의식에는
의미가 없는 글자들이 고물거린다.

잉크병은 그의 머리다. (형태 없는
그에게 머리가 있다니!) 저 땅이
숨기고 있는 푸른 연못, 연못에는

아무것도 보이지 않고 고물거린다.
물에서 생겨난 것, 물과 함께 사는
물의 무의식이 고물거린다.

고물거리는 것은 그다. 그는 글자에도
없고, 머리를 뒤져도 없고, 손가락에도
없다. 그는 글자의 이면에서 고물거리고
보이는 것 너머에서 기척을 한다.

주사기처럼 만년필을 머리에 꽂는다.
의식을 뽑아내어 잉크병에 옮긴다.
푸른 잉크, 새벽의 푸른 의식,
백지에 푸른 글자들이 우거진다.
공기 중에 녹아 있는 그의 눈들이 반짝인다.

손가락

꽃이 피었다. 꽃에서 손가락이
나와 바람을 붙잡는다.

꽃을 그렸다. 손가락이 망설이며
꽃의 손가락을 만진다.

꽃이 말한다.
손가락이 듣는다.

바람의 살이 말한다.
손가락이 사라지고

꽃이 듣는다. 꽃잎이
바람을 어루만진다.

햇빛을 반사하는 꽃잎 뒤편에
처음 보는 세계가 어른거린다.

말하기 전에 손가락이

놓친다. 놓친 세계 속에

하지 못한 말이 있다.　(바람의 목소리로

손가락의 꽃, 꽃의 글자.　　　듣는다)

다도해
—진도 첨찰산 산정에서

저녁이 좀더 자랐다.
나뭇잎의 시선이 뒹구는 여름 다도해
해수면 위로 번들거리는 말 잔등이 오밀조밀하다.

바람의 시작에서 한 점이었다가
물결의 정점에서 흩어지는 말 떼들이
땅을 두드리고 산 전체를 흔들다가
활엽의 유선형 끝에 영혼을 비비고

검은 바람이 갈기를 곤추세운 뒤로
말들의 빛나는 흐름 따라 멀어져간 그곳.
이제 막 거친 숨을 몰아쉬면서
단어들의 몸에서 김이 오르고

스탠드 등불 아래 검게 빛나는,
수줍게 떨리는 잔등 위에
조심스럽게 눈을 갖다 댄다.

눈알에 짧고 거칠한 털이 스치고
시선의 손가락 끝에 따뜻한 체온의 감촉,
종이는 물결도 없이 차갑게 빛난다.

물결이 눈을 감는다.
말발굽 소리도 없이 글자 무리들이,
쏟아놓은 검은콩처럼 흩어지며
전속력으로 저녁의 육체를 통과하는 여름,

저녁이 좀더 자랐다.
말들의 선한 눈꺼풀로 껌벅이는 다도해
더운 숨을 몰아쉬는 말 등에 저녁빛이 잠든다.

돌

책을 읽다가 밤이라는 단어에 딱 걸린다. 밤이 그 어둠 속으로 시선을 몽땅 빨아들였다. 소리 내어 읽지도 않았는데 입천장에 이빨에 혀에 소리의 여운이 남아 있는 듯 얼얼하다. 그 소리는 밀봉했던 공기가 터지면서 사방으로 흩어지는 소리가 아니라, 소리가 되는 순간 그 진동이 고스란히 안으로 삼켜지는 소리다. 마치 어두워지는 산길에서 만난 산사의 저녁 종소리가 더 이상 밝은 곳으로 터져나가지 못하고 어둠의 벽들에 튕겨 뒤섞이고 엉켜 서로를 흡수하여 점점 불룩해지면서 어둠의 깊이를 더해가는 것처럼. 입안의 밤은 빠져나갈 구멍을 찾지 못하고 분홍의 미끈덩한 내장을 압박하고 아주 천천히, 나이 들어 늙어가는 그 생의 속도로 피부를 서서히 풍선처럼 부풀린다.

살다 보면 끝내 말하지 못하고 입안에 가득 찬 말을 꿀꺽 삼켜야만 하는 순간이 있다. 그 말은 몸 안에서 떠돌다 몸속 어둠보다 더 어둡고 깊은 밤이 된다. 흔히 병원 내시경 렌즈는 몸을 탐사하다가 그 밤에 딱 걸려 더 이상 움직이지 못할 때가 많다. 밤의 깊은 수렁이 스펀지처럼 빨아들여서가 아니라 밤은 길을 가로막는 거대한 돌이기 때문이다.

산길에서 혹은 들판에서, 버티고 선 혹은 옆으로 길게 드러누운, 집채만 한 혹은 해일 같은, 큰 돌을 만나면 경건해진다. 그 돌의 역사 때문이다. 거리와 깊이를 짐작할 수 없는 우주의 그 어두운 밤에서 빅뱅이 있었고, 뜨거운 돌은 우주 공간에서 그 시작과 끝을 상상할 수 없는 긴 시간 동안 아주 천천히 차갑게 식어간다. 지구─돌은 아직 그 내부에 식지 않은 불덩어리를 감추고 있다. 돌은 그 내부의 불덩어리의 드러남이다.

또 한편 큰 돌을 만나면 먹먹해진다. 귓속에 웅웅거리는 소리만 남고 눈앞이 캄캄해진다. 그 돌의 기나긴 생애가 누군가 말하지 못하고 삼킨 그 밤이기 때문이다.

책을 읽는다는 것은, 반드시 눈으로 스윽 훑는 것만이 아니라, 페이지 속으로 직접 들어가는 것을 뜻하기도 한다. 영국식 정원의 미로의 숲을 헤매듯 활자들의 숲을 떠돌다가 막다른 길에 갇히면 먹먹해진다. 그때가 밤을 만난 때이기 때문이다. 그러나 딱히 밤이라는 단어에 딱 걸린 게 아닐지도 모른다. 막다른 미로의 울타리를 이루고 있는 나무들이 월계수나 측백나무임에 분명하다 해도 그 울타리를 밤이라고도 하듯이 말이다.

　하지만 길을 걷다 발밑에 굴러다니는 돌멩이를 보면 주저앉아 찬찬히 들여다본다. 그때는 나도 모르게 밤이란 단어를 어루만지며 그 촉감과 소리와 그 양파 같은 의미의 껍질들 앞에 있는 나를 발견하게 된다.

　지금 나는 밤길을 걷다 돌 앞에 서 있다. 밤의 어

둠 속에서도 돌은 더 뚜렷한 어둠이라 밤과는 다른 어떤 존재임을 강변하는 듯하다. 책 속의 어떤 단어들의 미로가 만들어낸 그것, 뱉지 못하고 삼킨 말들의 결정처럼 단호하게 느껴지는 그것. 그러나 나는 지금 그 돌의 살갗을 만지고, 표면에서 희미하게 반짝이는 빛을 들으며, 내 안의 밤과 마주한 듯하다. 밤비가 내리는 지금 돌은 빗방울을 튕겨내면서 반짝거리지만, 비에 젖고 마침내 얼마간 비를 빨아들이게 될 것이다. 그처럼 나도 얼마간 내 안의 밤과 친숙해지면서 그 밤과 섞이게 될지도 모른다. 그 순간부터 이제 밤은 더 이상 밤이 아닐지도 모른다. 밤에 돌이 참 아름다운 것은 모두 그 때문이다.

손가락

손가락은 별들을 가리키고 있는 꽃,
아무것도 쥐고 있지 않으면서도
어쩌면 새벽을, 때로는 밤을 쥐고 있지요.

손가락은 생각의 은밀한 입술을 열어
말이 나비로 날아 흩어지는 광경을,
흔들리는 향기의 무게 없는 침묵을,

매만지고 만져지는 애무로 조각해내지요.
대낮에 불 밝힌 겹겹의 꽃등 아래,
책갈피의 어둠 속에 손가락이 잠들었어요.

누웠던 자리 흰 주름을 남기고
글자들은 일어나, 손가락 끝에서
길게 빠져나온 펜들과 만나고 섞이지요.

어쩌면 새벽을, 때로는 밤을 글자들이
품고 있었는지도 모르지요. 어쩌면 새벽이

때로는 백지가 손가락을 깨우고 있었는지도

모르지요. 한밤에 깨어 있는 별과 어둠 속에
그 희미한 등대를 가리키는 꽃들과 같이
팔 벌린 공기 속에 한없이 떨며 길어지는 손가락
들을.

파르르 떠는 언어들

나비가 제 심장의 무게에
짓눌려 날지 못하고 조용히
필사적으로 날갯짓하듯,
어떤 말은 제 소리에
귀 기울이며 두려워 떤다.

꽃잎 위에 나비 신비하고
화려한, 펼쳐진 날개의
무늬, 표본용 침에 고정된
파르르 떠는 언어들.

입속에 발음하지 않은 말들
돌에 짓눌린 억눌린 숨소리
날갯짓 없는 혀.

음악

I

직박구리 한 마리 새벽 물웅덩이에서 목욕을 한
다. 온몸을 물속에 담갔다 빼낼 때 머리부터 꼬리까
지 오일 바른 듯 두텁게 물을 둘렀다가, 깃털을 꼿꼿
이 세우고 화르르 떨쳐낸다. 그 순간 공중으로 펼쳐
지는 몇 개의 구슬 부채들, 그 속에 비치는 햇빛 기
둥으로 분할된 숲의 내부들,

　　이내 사라지고
　　　　　직박구리도 날아가고,
　　　　　　　　　긴장으로 숨죽인 수면,

고요의 현에 푸르게 내리긋는 활, 나무 그림자,
푸르르 날아오르는 나뭇잎, 소리.

II

　음은 침묵에서 깃털을 뽑아낸 뒤 사라지고, 직박
구리의 재바른 눈동자와 부리를 만들었다 사라지고,
음은 허공에 날개를 펼쳤다 오므리는 직박구리의
파들거림을 만들었다 사라진다. 아무것도 없는 허공
에 물방울의 반짝이는 부채들이 천천히 펼쳐져 한껏
팽팽해지다 바람과 함께 흔적도 없이 기화한다. 연
한 잎이 흔들리고 가지 끝에 햇빛이 찬란하다. 허공
중에 갖가지 사물을 끄집어내는 음악은 생기는 순간
호흡과 함께 자국도 없이 사라진다. 숨을 들이쉬는
순간 태어나고 숨을 뱉는 순간 사라지는 음악은 허
공과 없음의 혼례, 흘레.

III

　그는 새벽 위에 직박구리를 쓴다.
　휘발하는 잉크로 휘갈기는 글자의 음률.

쓰는 순간 글자는 허공 속으로 흡수되고
손가락으로 누른 음이 완전히
허공이 된 뒤의 건반처럼
백지는 조용히 손가락을 기다린다.

어떤 페이지

오후 오랜 시간 강가에 앉아 있었네.
강 건너 강변 모래사장 은사시나무 숲
무언지 모를 반짝거림이 나를 놓지 않았네.
햇빛과 바람에 몸을 섞는 잎새인가?
모래의 입술이 감추고 있는 사금파리,
입 벌려 말하는 소리의 빛남인가?
알 수 없는 어떤 곳에서
알 수 없는 작은 불꽃의 일어남인가?
정적의 외침처럼 가만히 있다 잠깐씩
오후의 술렁임이 되는 은사시, 은사시,
빗질한 이마처럼 가지런한 은사시나무 숲.
강물 위에 부서져 폭발하는 햇빛 가루들이
저 하얀 나무들의 벌거벗은 다리에 옮겨 붙은 것
인가?

내 안에 말이 되지 못한 가열찬 핏줄이 터져
대낮에 눈 못 뜬 박쥐들이 날아다니고
나는 뒤죽박죽이 되어버렸다. 그러나 이 공기는,

저 모래알들은, 저 직립하는 나무들은 줄지어 고요하다.

펼쳐진 책의 하얀 모퉁이에서 너는 젖은 채 깨어났는지도 모른다.

내 가슴의 내부에 흐르는 강물은 책의 하얀 페이지 위로 흘러

너를 다른 편 강안에 부려놓았는지도 모른다.

너의 손에 모래들이 흘러내리고

너의 발은 어느새 은사시나무 숲 속에 있다.

너는 은사시나무 잎들이 일제히 입을 벌려 말하는 말의 형상인가?

너는 이 오후 하염없는 나의 시선이 강 건너 은사시나무 숲의 술렁임을

나도 모르게 붙잡고 있을 때 거듭해서 떠오르는 영상인지도 모른다.

강과 모래사장 앞에서 내 안의 망연한 어떤 것들이

모래 바닥으로, 강 밑바닥으로 잠깐씩 꺼져 들어갈 때

속눈썹의 그림자가 은사시나무들과 까무룩히 겹쳐지는지도 모른다.

내 눈꺼풀 위의 은사시나무 숲이여!

팔랑거리는 순진한 나뭇잎들이 내게 말하는 글자들의,

들리지 않아도 선명하게 보이는 목소리들처럼

하얀 페이지 한편에 가지런하게 숲을 이루고 있는 단어들이여!

하얗게 쭉 뻗은 나무 기둥들 사이를 건너가고 있는 네가

내 시선 끝에서 놀란 새처럼 화들짝 솟아오른다.

너는 내 안에서 끄집어낸 새인가, 빛나는 반짝임, 피의 불꽃인가?

새는 하늘의 깊이 속으로 추락하며,

하늘은 더 짙어지고, 나는 그 종소리 아래에 있다.

종소리의 아늑한 여운이 단어들을 몰아간다.

강 건너 모래사장에 갑작스런 돌개바람이 모래 먼지를 일으키고

잠깐 너는 영원 속으로 사라진다.

그때 너는 내 눈 안에,
깊이도 넓이도 없는 어둠 속에 웅크리고 있었는지
도 모른다.
가만히 너의 어깨에 손을 얹듯이
나는 손가락으로 눈꺼풀 아래 눈동자를 문지른다.
네가 어둠을 문질러 저 한낮 고요의 뜨거운 열기
를 열어젖히듯,
바람은 이곳에서 불어 강의 차가운 나신을 껴안고
은사시나무 숲, 빽빽한 잎사귀들의 은밀함 속으로
사라진다.
내가 단어가 되어 다시 살아가는 이 페이지 위의
삶이여,
이미 그곳에 있던 잎새들은 나와 닮았는가?
내 이전의 삶이 저 문장의 목숨들과 뜨거운 호흡
으로
술렁이며 반짝이며 적막 속에 숨죽이며 뒹굴 때

너는 저 숲 속에 팔랑거리는 글자들의 잎맥에서 눈뜨는가?

아니면 내 안의 어둠 속에서 맞닥뜨리는

단단하고 흰칠한 돌의 침묵하는 입상인가?

아니면 너는 나보다 한 발짝 앞선 나의 미래인가?

공기의 솜털 하나 건드리지 않고 나의 시선은 그 단어에 상륙한다.

하지만, 단어와 단어 사이의 허공에서 생겨나는 나를

까마득한 절벽의 공포 위에서

미지의 그곳으로 발을 내딛게 하는,

너의 부름이 태어나는 순간의 내 안은,

폭풍의 으르렁거림 속으로 휘말려든다.

햇빛의 끌과 정들이 저 단단한 공기를 깎아

은사시나무 가지들을 빚어내듯이 글자들이 폭풍을 깎아

너를 낳는 이 페이지에 나는 침몰하고 마는가?

오후 오랜 시간 강가에 앉아 있었네.

구불구불한 내장이 핏줄과 얽혀 있는,

문장의 신경섬유를 끊어내는

분출하는 단어들이 나를 놓지 않았네.

흐르는 공기들, 흐느끼는 글자들, 줄지어 흘러나

가는 뇌파들과

까끌까끌하게 긁히며 터지는 시신경들.

제 몸속을 흐르며 울리는 강들이 차곡차곡

퇴적된 시간의 단면을 드러낸 저 돌의 파헤쳐진

머릿골,

아니면 너의 심연의 깊이 속에 입 다문 암초,

수십 미터 수심의 압박을 지탱하는 일촉즉발 부

동의 침묵.

햇, 빛 - 볕

이 글자 덩어리에는 안과 밖이 있다.

밖에서 보면 닫혀 있는 창이 있다.
'햇빛'하고 발음하면 창이 깨진다.
빛이 날카롭게 튄다 소리도 없이
부스러기도 없이. 창에, 적벽돌에
파초 잎에, 물렁물렁한 공기에
눈-가락을 오그려 '햇''빛'이라고, 써본다.

안으로 들어서면 이야기가 보인다.
소리가 들린다. 속삭임이 '햇빛'의 귀로 쏟아진다.
마루에 '빛'으로 쓴다. 나무의
탄력과 감촉으로 '햇볕'이 펼쳐져 있다.
마루에 울타리가 쳐졌고
울타리 안에 '햇빛'이 우글거린다.
음영이 단단해지는 그 옆에 '햇볕'도 각지고 단단
하다.
선명하게 재단된 '햇볕' 사각형에

눈동자의 어둠을 힘겹게 밀어 넣어본다.
혀를 말았다 폈다 하며 축축하게 적셔본다.

?

눈곱보다 작은 날벌레 한 마리가,
부유하는 먼진가 했는데, 날개와 몸통과
다리까지 달린 완벽한 비행체가,
펼친 책의 계곡과 능선 사이를 천천히
선회한다. 왜 그랬을까,
책을 덮어 비행을 중지시킨다.
페이지 위에 추락한 날벌레는
그리고 옆에 안장됐다.
읽을 수 있는 글자─그리고 납작한 물체
종이 위에 검은 그리고 검지만은 않은 흔적
그리고─물질 그리고 x─물질
그리고─x 그리고 x─x

$$\rightarrow \left(\frac{a}{m}\right) \text{A} \left(\frac{x}{m}\right)$$

$$\rightarrow m(\diamond)m$$

고개를 드니, 환영인가?
연필꽂이를 지나 탁상용
캘린더를 우회하여, 책상 위

자질구레한 물건들 사이를
방금 책 위에서 압사한 똑같은 날벌레가
책으로 얼굴과 눈을 가린 채
이마만 반짝 내보이고 있다.

화가와 모델과 그

화가는 모델을 앞에 두고 캔버스 앞에 앉지 않는다.
앉지 않고 닫혀 있는 창문을 다시 닫는다. 커튼의
주름을 꼼꼼하게 어루만졌다가 굴곡 그대로 늘어
지도록
섬세하게 조정한다. 가끔 곁눈질로 모델을 쳐다보
지만
바닥에서 발견되는 머리카락을 줍고 창밖에 사라
지는
구름의 흔적을 쫓는다.

화가는 모델을 주목할 수 없다.
모델 옆에는 창문이 있고 커튼이 있고 화구들이
있고 벽이 있고 벽지가 있다. 벽지는 마름모꼴 무
늬의
연속이고 그걸 바라보고 있으면 약간 어지럽다.
눈을
깜빡거리고 정신을 차리면 벽이 물렁물렁해지면서
마름모꼴의 한 지점 속으로 한없이 빨려 들어간다.

무서운 속도 때문에 방 전체가 발사된 총알 같다.
화실 한쪽에는 허리 높이만 한 탁자가 놓여 있고
그 위에 사과 한 알이 놓여 있다.

세잔의 사과가 있는 정물화에는 사과가 돌처럼
그려져 있다. 세잔의 사과는 영락없는 덩어리다.
사과의 무게보다 훨씬 무거운 사과다.

자코메티가 그린 정물화는 큰 탁자 위에 조그만
사과 한 알 놓여 있다. 탁자를 그린 건지 사과를
그린 건지 알 수 없다. 화가는 화집을 덮으면서

모델을 쳐다본다. 눈앞에 꿈틀꿈틀거리는 허공 휘장
안으로 사라지는 모델의 희미한 윤곽이 잔상으로
남는다.
그리곤 아주 천천히 허공마저 사라진다. 화가는
헤어날

수 없는 까마득한 오후의 깊이로 빠져 들어간다.

*

전과 같은 거리, 표시해놓은 지점에 전과 똑같은
포즈로 모델은 벽과 천장과 창과 커튼 사이에
그것들과 함께 자리해 있다.

그림을 시도한 후 처음으로 화가의 눈은 모델에
주목한다. 눈의 손가락이 모델에 닿는다. 머리카
락의
결과 냄새를 고르고, 눈의 색깔과 깊이에 손가락을
담그고, 귀의 감촉을 느끼고, 입술을 문지르고,
목덜미를 어루만지고, 팔, 손가락, 몸을 어루만진다.

만지는 눈에서 열이 날 때마다 눈꺼풀을 내렸다
올린다. 화가의 손은 부지런히 캔버스 위에 있는
모델을 지워나간다. 그가 나타날

때까지 화가의 눈은 부지런히 모델을 문지른다.
그는 열기의 베일 사이로,
모델의 윤곽 너머로, 캔버스의 표면 위로
어른거린다. 사라질 듯 위태롭게 그는 나타난다.

그는 모델도 아니고, 그림도 아니고, 그림자도
아니다. 그는 화가도 아니고, 눈의 손가락이 문지
를 때
그 마찰의 구멍에서 나타난다. 언제나 만지는 평
범한
눈의 애무에서 언제나 비로소 시작되는 그는

사과이기도 하고 그림이기도 하고 글자이기도 하다.
아무튼 그는 항상 그이고 동시에 다른 무엇,
무엇이다! 피부를 뚫고 범람하는 현실을 보라!

유리 – 글자

I

끓는 물이 생산하는 생각의
증기, 글자를 조립하는 나선형 연결 회로.

II

유리 쳐다보기:

실내에서 밖을
쳐다볼 때 눈에서
뻗어나가는 구리 전선들이
유리를 통과하여, 별안간
분무기에서 흩뿌려지며
바깥에 달라붙는다.

유리는 투명하여 없으니까
부서지지 않는다, 시선만 조각나

가루로 흩어질 뿐,
글자는 투명한 유리처럼
눈-빛이 통과해도 그대로다,

없는 듯 있다, 빛은 바깥에
흡수되어 바깥을 부풀리고
그중 일부는 반사되어
머리-공장의 톱니바퀴를
과도하게 조이며 어긋나
우주의 연동 구조를 이탈한다.

글자 쳐다보기:

바깥이 실내를 뒤집는다,
머리가 뒤집힌 글자들을
호호 입김 불어 닦는다,
입김이 닿으면 글자,
입김이 사라지면 우주.

신경의 통로

산에 있다. 검은 나무둥치와 검은 가지,
녹색의 잎들 사이로 신경이 엿보이는.
그 신경을 바람이라고 할 수 있을까?
바람이 불고, 잎이 손바닥을 뒤집고
나무의 머리칼인 푸른 살덩이가 송두리째
휘어지고 뒤집히며 얼굴 뒤의 가면을 보여준다.
비가 내린다. 엄청난 폭우가 쏟아진다.
눈앞에 비의 블라인드가 쳐지고 눈은 갇힌다.
비는 물방울 방울이었다가, 선이 되고
선이었다가 면이 되고 입체가 된다.
물줄기가 된다. 신경의 통로
물속에, 격렬한 역류 속에,
돌의, 풀잎의, 수피의, 잎의, 덩굴줄기의 신경이
하늘의 검은 공기 덩어리의 신경에 연결된다.
비가 온몸에 부닥친다. 심장충격기가 피를
가격하듯 대지의, 하늘의 신경이 맨살을
파고든다. 땀도 아니고 비도 아닌
언어가 몸에서 흘러나온다. 끈적끈적하고

무색의 번쩍이는 언어에 신경이 파고든다.
무의식의 검은 심연을 파고드는 뱀장어처럼
번개가 언어에 접속되고 신경 덩어리가
되는 언어들. 흙, 돌, 풀잎, 수피, 잎,
덩굴, 공기, 빗줄기 등의 단어들이
송두리째 산이 된다. 몸은
산에 있다.

물 - 가시들

강물 위에 떠 있다.
가라앉은 돌멩이들 아래
모래, 투명 물잔을 긁는다.

물결들의 도형, 솟았다
꺼지며 각을 이루는 선들

높이 위에 가부좌 튼 배
강물 따라 흐른다. 직선의

물 - 가시들 화살 사이로 들여다보는
공기들, 쪼개져 부드러운 분말로
나무를 문지르고, 길을 지우고,
다리를 흐릿하게 하고, 산을
베어 먹는다. 굵은 바늘로

살갗을 찌르고, 뺨에 튕겨
반짝이고, 팔뚝에서 깨져

흩어진다. 이 길고 가느다란

글자들에 돌, 강, 배, 눈, 귀,
호흡, 나무, 산, 하늘이 하나로
꿰어진다.

검은 물의 운동

기억은 고래의 검은 등처럼
백지에서 솟아올라 눈을 뜨게 한다.
검은 것은 미끈미끈하다. 눈빛은
물-막에 젖어 꺼지고 꺼뜨려지면서 검은
글자에 꽂히지 못하고 자꾸만 미끄러진다.
바닷물을 열고 솟아오른 검은 고래는
흰 물결을 닫고 사라진다. 검은 물만
남는다. 일렁인다. 흰 것이 튀어 올라
눈의 흰 섬유질에 섞인다. 물방울인가?
잔상인가? 눈앞에 백지. 일렁인다.

검은 글자들이 잠수하고 바다는
흰 파도를 닫는다. 일렁인다, 백지.
시선은 글자의 검은 등처럼 백지 밑
심연으로 빠르게 사라진다. 눈동자는
시선을 쫓아 팽팽하게 겨누었다가
탄력을 잃고 제자리를 지나 얼굴
뒤편으로 지나친다. 출렁이는 현재를

수습한다. 출렁임을 흡입하는 잠잠한
백지. 고요한 검은 수면. 현재의 눈을
제자리에 놓으면서 반동을 누그러뜨리며
기억의 아슬아슬한 몸이
겨우 균형을 잡는다.

검은 돌

햇빛에 환한, 돌을 보고 있으면
억누른 흐느낌이 새어 나온다.

나는 돌에 공명한다. 소리도 없이
움직임도 없이 돌을 써본다,
내 응고된 피에.

돌을 읽었다.
도저히 옮길 수 없는 돌을 썼다.
허공에 새겼다, 날아가지 않게

(무거운 돌을 나는 발음하네
무거운 돌이 내 눈을 덮어 누르네
날아가지 않게 날아가지 않게)

비상하는 눈으로 내려다보고
벌레의 눈으로 더듬어본다.

돌이 있다. 거기 그 자리에
비가 오고 마르고, 눈이 오고 녹고,
햇빛이 들고 그늘이 자란,
거기 그 자리에.

비명과 탄식, 고함으로 단단한
저 검은 돌.

애무의 행로

글자들에는 손이 닿으면
움츠리는 더듬이가 있다.
손은 포획하기 위해서가 아니라
닿기 위해서, 만지기 위해서 움직인다.

글자의 더듬이는 손이 만지는
것을 거부한다. 글자는 촉수를
뻗어 눈동자를 어루만진다.

만년필은 손가락이 자라난 것 또는
만년필이 자라나서 손가락이, 손이,
팔이 되는 것. 어느 쪽이든 상관없이
손가락은 글자로 확장된다.
손가락이 늘어나고 늘어나서 마침내
글자를 낳는다.

손가락과 자판이 접촉하는 순간
용접 불꽃이 모니터에 달라붙는다.

어디까지가 손가락이고 어디까지가 자판인지
어디까지가 불꽃이고 어디까지가 글자인지
경계가 모호하다. 손가락−자판−빛−글자가
그저 한 덩어리의 발광체다.

글자를 쓴다. 세포 분열을 통해 몸이 확장되고
살덩이가 늘어나고 피부가 닳고 얇아지며
예민해져 종이에 스친다. 심장을 출발한 피가
손끝을 지나 글자에까지 펄떡이며 휘돌아
다시 심장으로 순환한다.

글자를 읽는다. 가로획과 세로획에 부딪
히며 자간 사이를 걷고 행을 훑어가며
행과 행 사이를 미끄러지는 게
아니라, 빽빽한 군중들 사이를 헤치며
목소리, 땀냄새, 끈끈한 접촉,
하늘로 펼쳐져 있는 연녹색 떨리는
신체에 다가간다.

글자를 읽는다. 문장을 읽고 있는 게
아니라 이 순간 그 안에서 살아가고
있는지도 모르겠다. 쓴 것을 읽는 게
아니라, 쓸 때 녹아 흘러 글자의 육체로
굳어가는, 이미 그 몸의 한 방울이었는지도
모르겠다.

글자를 바라본다. 눈에서 길게
늘어난 손가락이 글자를 더듬는다.
동시에 글자가 손가락이 되어
눈을 어루만진다.
글자는 애무하는 손이 되어
쓰는 몸짓과 읽는 몸짓이 포개져
비비고 감싸고 적시며 한 덩어리의
몸짓, 팽창하는 몸이 된다.
피부가 찢어져 노출되는 글자.

종이에

피도 아닌, 무언가, 멈칫

멈칫, 맴도는, 가까이
아주 가까이 맥박 같은 기미로,
멀리 갔다 되돌아오는 무언가

있다, 손끝에, 손톱 아래.

종이에 묻은, 흘러내려 굳은,
흔적에서 냄새가 난다.
당신이 내 살에 써서 남긴 글자.
눈을 잃고 점자로 읽는
내 손가락, 손끝에,
손톱 아래, 무언가

문드러지며 녹아내린
당신이 숨 쉰 촉감이
종이 위에 얼룩져 있다.

눈을 버리고 코끝에, 가까이

아주 가까이 멈춘
글자를 숨 쉰다. 한번,

숨 막혀본다.

종이에 박힌 침묵

얼음

곤충 채집하듯 책의 숲 속에서
날아다니는 글자 한 마리를 잡아
유리판 위에 올려놓는다. 아직
숨이 끊어지지 않아 파닥이는 날개를
붙잡아 뒤집어놓자, 한 꽃잎의 문장에서
버르적거리는 다리들 사이로
앞 글자 뒤 글자, 비슷한 보호색들이
천천히 그 빛을 잃는다.

꼼지락거리는 감촉을 누르며
메스로 글자의 얇은 꺼풀을 잘라낸다.
글자 안에 푸른 호수의 동결,
흰 피부 아래 푸른 불꽃.
그 눈빛은 낭가파르바트 루팔 벽의
검은 돌 앞으로 바람이 지나가던 그때
허공의 거울에 제 얼굴을 비춰본

고독의 시선. 눈부신 눈 더미, 한낮의 차가운 별.

글자 행성과 글자 행성 사이에 무중력의
영혼이 떠돈다. 얼
                    정신
                        영혼의 사면에 음악이 물든다.
층층의 음에 새로운 루트를 개척하는 분홍 저녁빛.
검은 창공에 얼어붙은 글자들의 은하.

혀끝에서 녹아 사라지는 얼음의
희박한 높이. 이명의 날카로운 철선이
꿰뚫는 침묵의 빙점.

얼을 메스로 펼치면 투명함이
반짝인다. 그것은 수심 깊은
구멍 속으로, 볼 수 없는 물질
덩어리가 되어 한없이 가라앉는 느낌. 마침내
음에 닿으면 입술이 닫히고 모든 게 고정된다.

만년설 종이 위에 우뚝 선 침묵의 빙괴.

깊은 거울 중심에는 고독한 침묵이
숨 쉬는 숨소리를 숨소리가 듣는 자기
반영이 있다. 침묵의 속삭임을 속삭임이
듣고 고독이 고독을 바라보고
침묵이 침묵으로 되돌아온다.
한 면이 다른 면을 비추고 다른 면이
한 면에 비치는 사이에 거대한 신기루는
천천히 녹아내린다. 고독의 투명한 입체가
사라진다. 사라진 자리에 바짝 마른 정적이
햇빛에 눈부시게 탄다
탄다 탄다 탄다.

사라지는 물의 건축물,
전체가 유리창인 건물에 모든 게 비친다.
앞 글자의 투영으로 색이 변하고
뒤 글자의 발성이 고스란히 울린다.

말과 침묵이 서로에게 투명한,
기화하는 글자가 담긴 다면체의 볼록한 눈.
차가운 대기 속으로 증발하는 자신의 진동을
녹아 흘러내리는 자신의 눈으로
끝끝내 바라본다.

II

얼음은 소리 내어 읽을 수 없다.
입안이 뜨거워 유리잔을 흔든다.
얼음 부딪히는 소리
녹는다. 사라지기 전까지 소리부딪는유리.
입으로 읽을 수 없는 얼음.
눈으로 읽는다. 촉감이 눈 감는
무지막지한 차가움.

녹아 사라지지 않는 딱딱한 돌.

종이가 움푹 파여 찢어지겠다.
얼음은 딱딱한 침묵.
(딱딱하니까 *깨뜨려야* 한다)
투명하지 않는 얼음을
입안에 넣고 혀를 굴리면
물렁물렁해져 흐물흐물 흐른다.
증발한다. 침묵은 보이지 않는다.
차갑게 들끓는다.
얼음에서 빠져나와 침묵으로
기화하기 위해 스스로 터진다.

해발 8천 미터 너머
상승, 태양과 섞인 산소.
눈의 거처. 반짝이는 눈의 결정 하나마다
숨 막힘이 비치는 육각거울. 얼음에
섞인 고독. 거대한 침묵. 진공의
우주를 떠도는 얼음구슬.

글자와 글자 사이, 행과 행 사이
문장의 휴지가 물속이다.
수면 아래 생각의 기포들.
묵언줄기에 주렁주렁 달린 기포알.
함구로 목이 마른다.

함구, 목구멍을 향해 말하는 것.
위장과 창자
피부 벽에 부딪치는 목소리.
물의 깊이, 소용돌이치는 적막.
손가락 끝에 맺혀 얼어붙기 직전
생각에 섞이는 침묵.

세포를 긁고 지나가는 유성의 긴 꼬리, 종이 위의
폭발.
순간의 경직,
얼음
      . 종이에 박힌 침묵, 운석에 부딪힌 거대한 흔
   적.

혀와 입술에 버무려지고 목 천장을 울리는
얼음
        . 시선과 섞이는
                    얼음.

III
쇄빙선

쇄빙선이 얼음을 깨뜨리며 나아간다.
그 뒤로 길고 긴 문장들이 생겨난다.
흰 얼음 벌판 위에 검은 궤적.

문장은 지나온 길을 숨기는 미로다.
백지의 바다 위에 채 녹지 않은 언어들이
둥둥 떠다닌다. 물결에 절반 넘어 잠긴 채.

바다 위 얼음 덩어리는 묵직한 뱃머리가
눌러도 침몰하지 않고 다시 떠오른다.
눌러도 눌러도 가라앉지 않고
입안을 미끄러지는 말은 얼음이다.
거대한 유빙이 몸속을 떠다닌다.

얼음은 침묵이다.
침묵은 입 다문 영혼,
영혼의 손가락에 몸을 끼운 채
몸은 얼어붙은 미지를 깨뜨리며 나아간다.
파도의 꼭대기에서 바닥까지
낙차가 생산하는 물보라.
조각난 시간은 언어가 되어 흩어졌다 부딪힌다.

물결에 절반 넘어 잠긴 채
언어는 끝내 녹지 않는다.
얼음 속에서 침묵이 반짝인다.

IV

얼음으로 변하는 수면의
애절한 뒤틀림.

물결은 투명한 바닥에 갇힌 채 소리치고
창밖의 소란을 듣지 못하는
유리창 안의 눈들은
아우성치는 물결의 입들은,
튕겨 오르는 침묵의 말들을
발바닥을 긁는 울림으로 읽어내고 있었다.

결빙의 끝에서 서서히 녹아내리는
묵언이 있을 것이다. 물방울이 돋아나고
흘러가는 시린 흐름 아래로 침묵은
침몰할 것이다. 세찬 흐름 위로 떠오르며
무표정한 얼굴이 솟구치기도 하겠지만
침묵은 끝내 물결 속으로 섞여들며

사라지고 말 것이다. 물이 자신의
운동을 얼음 속에 정지시킬 때까지.

귀에까지 튀어 오르는 물결
침묵의 격렬함.

V
내 입이 얼음이라면

내 머리가 다리라면, 홍수 뒤에 불어난
급류에 떠밀려가지 않으려고
꿋꿋하게 버티고 있는 다리라면,

내 눈이 강물이라면, 다리 기둥에 부딪치는
급류의 압력 때문에 부풀어 오른 물결 사이로
유선형의 텅 빈 고요를 에워싼 강물이라면,

내 혀가 송어라면, 물결 사이에 숨은 고요 속에서
단 한 번의 도약으로 급류를 뛰어넘어
더 큰 고요 속으로 뛰어들 송어라면,

내 귀가 침묵이라면, 호흡과 호흡 사이 순간의 간
격에
드러나는 눈빛과 아가미, 근육의 꿈틀거림과
핏줄의 팽팽함, 지느러미 낱낱을 새기리다.

내 입이 얼음이라면, 흐르는 물결
재빠른 물체들을 정지 속에 담아두리다.
내 머리가 입술이라면, 입을 열어 마침내 침묵을
말하리다.

VI
절망의 시

어두운 한숨, 그것은 따지고 보면 탁한 공기.
나무의 반짝이는 잎들이 이산화탄소를 빨아들인다.

한숨을 내쉬는 절망은 더 깊은 곳에
도사리고 있다. 아가미를 지나 더 깊이
물밑, 바닥에 가까운 심연에서 느릿느릿 헤엄친다.

입에서 내뿜는 한숨은 기포로 떠오르며
비로소 눈에 보인다. 검은 물을 통과하며
반짝이는 교태를 지으며 수면 바깥에서
터지고 감쪽같이 사라진다.

좁은 골목의 미로를 무엇엔가 쫓기듯
무엇을 쫓는 듯 절망이 빠르게 달려가고
그 뒤를 혹은 그 앞을 절망의 그림자가

재빠르게 미끄러진다. 둥글게 뭉쳤다가
길게 늘어났다가 집 벽과 창의 굴곡에
부딪혀 통통 공처럼 튀어 올랐다가
톱니 모양의 선을 그리면서
길게 찢어지다가 높이 뛰어올랐다.

그게 우리 눈에는 보이지 않던 절망의
모습이다. 혹은 절망은 끝내 모습을 숨기고
말만을 들려줬는지도 모른다. 그게
절망이 부르짖는 절망의 시다.

절망을 잘 재단하여 흰 접시에
담는다. 그 옆에 한숨을 반듯하게
재단하여 둔다. 그건 흐르는 물을
얇은 면도날로 잘라 접시에 담는 일.
흰 접시 위에 물의 육면체를 세우는 일.

VII

Enceladus*

시작은 차갑고 지금은 뜨거워.
(딱딱한 삽이 그 차가움을 파 내려가다 보면
삽날에 쨍 부딪혀 깨지는 것은 그 자신의 뜨거움)
너울너울 불혀들의 껍질이 벗겨지고
남은 바닥인 견고한 감정의 실체.
감정의 위성 엔셀라두스,
이 별에 어떻게 도착했나?
통로도 없이, 궤적도 없이

어떤 글자는 왜 어떤 글자 주위만 맴도나?
단어들이 어떤 행렬로 나란히 줄지어 설 때
슬픔의 대기는 어떻게 팽창하여 물방울의 입자로
떠도는가?
한 단어를 떠나 한 단어에 다다를 때까지
어떤 통로도 없고 어떤 궤적도 없다.

갑자기 하나의 행성에서 다른 행성에 도착해 있
을 뿐.

슬픔은 시야를 가린다. 나무는 둥치 없이
산발한 가지와 잎 들만 공기 위에 떠 흐르고
공기는 수분으로 축축해져 낮게 물결친다.
입술에서 날개를 펼친 말들이
가지에 닿기도 전에, 노래가 되기도 전에,
울음이 되기도 전에 거대한 구멍으로 빨려 들어
간다
                              허공
안개가 자욱해서 누구의 손인지 모를 손이
눈앞에 나타났다 사라지고 잠시 후에
팔이 움직였다는 걸 느낌으로 짐작한다.

진공의 우주에서 우주인이 천천히 유영하듯
행성 주위를 떠도는 위성의 궤도.
이게 시다. 글자의 행성들이 문장을 이루는 것.

글자들이 별자리가 되는 것. 은하수가 되는 것.

단단한 침묵은 깨지지 않는다.
입 벌리지 않는다. 귀를 막지 않는다.
진공으로 가득 차서 별들로 가득 차서
꺼지지 않는다. 침묵은 제 심층에서
미세하게 녹는다. 뜨거운 피 때문에
침묵은 저 내부에서 불타오른다.

엔셀라두스, 태양계 수많은 행성들 가운데
하나의 행성에 딸린 단 하나의 위성.
하나의 책, 수많은 문장들 가운데
하나의 문장에 딸린 단 하나의 단어.
  얼음
     , 녹지 않는 단어.
슬픔을 이루는 거대한 운행들 중에서
가장 차가운 바다. 냉혹한 침묵
냉철한 얼음이 빛난다.

태양빛이 토성에 반사되어온 빛에 의해
시작은 뜨겁고 지금은 차갑다.
얼음에 닿았던 견고한 감정의 실체.

감정의 위성, 엔셀라두스.
이 별에 어떻게 도착했나?
보지도 않고 읽지도 않고.

VIII
B-15 빙산**

이것은 언어가 없는 세계.
인간으로부터 가장 멀리 떨어져 있는
극단의 미지. 시인이 이곳에
선다는 것은 침묵 위에 서는 것.

그래서 어쩌면 이것은 언어의

시원이자 언어의 끝. 어쩌면
언어는 소리도 글자도 아니며
우리가 상상하는 부재하는 사물도 아니며
우리가 생각하는 뜻도 아닌 것.
언어는 침묵이다.

침묵은 우리가 목격할 수 없는 것.
우리가 도저히 만날 수 없는 극단에 있는 것.
그래서 어쩌면 우리가 도저히
붙잡을 수 없는 언어는 침묵에 가장 가깝다.

　침묵이 언어와 조우하는 불가능한 광경을 목격할
수 있다면
　어쩌면 침묵은 이 거대한 빙산이다.
　빙산은 언어가 없는 세계—이 빙산이 곧 언어 자
체이기 때문이다.
　침묵을 목격할 수 없는 이유는
　언어가 옮기는 것을 우리가 볼 수 없는 것과 같다.

그래서 어쩌면 이 거대한 빙산은 우리가

입에 담을 수 없는, 지껄일 수 없는, 들을 수 없는,

읽을 수 없는, 시인이

종이에 쓸 수 없는, 모니터에 띄울 수 없는,

만질 수 없는 언어 그 자체, 백색의 언어다.

이 빙산은 대양을 표류하는 방랑자,

꿈 위를 걸어 다니는 영혼이다.

거대한 얼음의 땅, 도저히 움직일 것 같지 않은

빙산은 해저에서부터 날카로운 탄성을 지르며

올라온다. 바닷속 이 빙산의 바닥으로 들어가면

그것은 마치 현미경으로만 보이는 작은 벌레가

되어

버섯 아래로 들어가 버섯대 밑에서 하늘을 온통

덮고 있는

거대하게 확대된 버섯갓의 뒷면을 바라보는 것과

같다.

침묵은 그렇다, 히로시마에 떨어진 원자탄의 버섯

구름이다.

해수면 위로 45미터 높이 솟아오른 백색 절벽,
해수면 아래로 3백 미터가 잠겨 있는 이 육중한
침묵은
바다 깊이 뜬 채 해류를 타고 북쪽으로 이동한다.
5년 동안 바다 위를 떠돌던 침묵에서 떨어져 나온
침묵 B-15A***는 2005년 4월, 남극대륙 맥머도
만과 충돌했다.
그 후 이 침묵은 같은 해 10월 남극 어데어 곳에
서 또다시 부서져
아홉 개의 거대한 침묵과 무수히 많은 작은 언어
들을 남겨놓고는
최후를 마치고 사라졌다.

시인은 손가락을 꼼지락거리며 언어를 만진다.
사라진 것이 떠오르듯 B-15A 빙산이 남겨놓은
자잘한 침묵 덩어리를 꿈꾸면서

침묵 위를 걸어 다니고, 침묵 안에서 올라오는 소
리를

IX

말-별

물은 중얼거림이고, 얼음은 침묵이다.
단어는 얼음이고, 말은 물이다.

당신의 말이 몸에 와 부딪친다.
피부에 나타났다 사라지는 파문
물마루로 솟아올랐다 꺼지는 엉덩이 젖가슴
말은 몸의 심연으로 가라앉고 물결은 사라진다.

흐려졌다 다시 투명해지는 몸은
천 개의 눈을 떴다 감는다.
내리까는 눈꺼풀이 떨리고 날개 치는

눈꺼풀에서 꽃분처럼 말들이 날아오른다.

나비가 날아가는 오후의 공기 속으로
말들은 사라진다. 말들의 무늬는
몸에서는 찾을 수 없다. 나비 날개의
무늬로 하늘을 가로질러 갔다.

햇빛이 반짝거리는 어떤 순간에
말의 돛들이 반짝이며 공기의
파도를 헤쳐나가는 것을 어렴풋하게 본다.
아, 그것은 나타났다 사라지는
잃어버린 희미한 선율이었던가?

머리에서 나온 보이지 않는 손가락들이
짧은 순간에 말들을 기록했다고 생각한다.
말은 몸속에 잠겨 있다.
말은 숨 쉬지 못하고 아가미를 벌렁거린다.
몸속에 숨어 있는 눈꺼풀 없는 말의 눈과

내 눈이 마주친다. 그때 나는 당신의
눈동자 속에 있다. 그러나 몸을 온통 파헤쳐도
당신의 말은 찾을 수가 없다.

하늘에 별이 반짝인다. 켜져 있는
전구가 아니라 신호처럼 꺼졌다 켜진다.
깜박인다. 목소리가 들린다. 들리지 않는다.
밤의 귀―들판의 어둠도 숲의 어둠도
흐르지 않는 공기의 어둠도 나의 어둠도
모두 당신 목소리를 듣기 위한 귀.
밤의 오케스트라 말―별, 눈가에 철썩이고
입가에 진동한다. 몸의 스크린에 반짝이며
점멸하는 꽃다발, 말―별!

X
언어

그것은, 허공을 흐르는 속도에서
사물의 틈새를 빠져나오면서
소리의 길이와 공간을 가지는 그것은,
목구멍에서 둥글게 뭉쳐지고
이빨과 입천장 사이에서 늘어나거나 압축되거나
얇아지고
혀 위에서 더 정교하게 나누어지고 단단해진다.
그것은 벌린 입술 사이에서 태어나며 견고한 윤곽
을 갖춘다.

그것은 생각의 심연에서 허공의 심층에서
공기를 뿜어내는 입이 있다는 듯이 방울로 맺혀
퍼지며 점점이 물방울 다발이 된다.
바깥의 온도와 체온이 맞부딪쳐 하얀 안개꽃
다발을 피워내는 입김처럼 생각의 물방울들은

바깥 공기에 달라붙으며 독립적인 물질이 된다.

그것은 생각과 분리된 물체, 동그랗게 오므린

입술은 그것을 낳은 구멍(곧 다물어지고 사라지고

말)만을 남긴다.

그것은 하나의 완전한 육체가 되어 등을 보이며

저쪽으로 멀어진다.

그것은 날개가 되어 윙윙거리며 귓가를 맴돈다.

그것은 잡힐 듯 잡히지 않으며 모든 다문 입을 벌

리려 애쓴다.

*

그것은 눈을 뜨고 있어도 눈을 감게 한다.

그것은 빛을 끈다. 갑자기 모든 사물은 사라지고

그것만이 밤처럼 있고 질긴 암흑으로 에워싼다.

그것은 빛을 켠다. 암흑에 구멍이 생기고

핀 조명 아래 사라졌던 사물이 하나하나 돌아온다.
사물은 마술사의 모자에서 갑자기 생겨난 비둘기처럼
그것의 서랍에서 그것이 끄집어낸다.

*

얼음은 손가락에 잘 달라붙지 않는다.
미끈거리며 요리조리 손아귀를 빠져 달아난다.
잡았다 싶어도 혹독한 차가움이 금방 불로 변해
화끈화끈한 손가락은 숯 토막이 된다.
얼얼하고 감각이 없는 손가락은 얼음을 집을 수 없다.
붙잡을 수 없는 얼음은 곧 녹아 흔적도 없이 사라진다.

한파에 얼었던 한강에 유빙이 떠다니는
광경을 공중에서 고속 촬영한 영상.

육체의 심연에서 불쑥 솟아오르는
가라앉지도 채 녹지도 않은 그것.

문을 밀고 침묵의 실내에 들어서면
귀가 먹먹할 정도로 온통 하얀 내부. 하지만
하얀 벽과 하얀 바닥 하얀 천장이
높이와 넓이와 깊이를 가진 내면의 입체에서
기둥과 기둥의 높낮이 기둥과 기둥의 간격
기둥과 기둥이 지탱하고 떠받치는
침묵의 인상들을 붙잡았다 놓치고
침묵의 체온과 몸짓을 읽고 표현하려
그것은 떠다닌다.

목구멍 저편에 잠긴 육체보다 훨씬 거대한 빙산
입안에서 녹지 않는 얼음이 혀를
무겁게 짓누르고 차갑게 마비시킨다.

눈에 보이는 바깥에서인지 요리조리 굴리는

눈동자 뒤편 의식의 안쪽에서인지
어디에선가 계속해서 손가락이 얼음을 집으려 하듯
체온과 얼음이 맞부딪친다. 체온에서인지
얼음에서인지 그것이 그것을 발굴한다.
얼음과 입술.
그것은 육체의 수면을 시원스레 벗어나
바깥 공기와 사물들의 반짝임에 뒤섞인다.

  * 1789년 8월 28일 윌리엄 허셜이 발견한 토성의 위성 중 여섯
    번째로 큰 위성. 표면 전체가 얼음으로 뒤덮인 위성이다.
 ** 세계에서 가장 큰 빙산으로 2000년 3월 남극의 로스 빙붕에
    서 쪼개져 나왔다. 길이 295킬로미터, 너비 37킬로미터로 자
    메이카보다 크다. 이 거대한 빙산의 무게는 대략 30억 톤 정
    도 된다.
*** B-15 빙산에서 갈라져 나온 새끼 빙산. 길이 115킬로미터에
    표면적 2천 5백 제곱킬로미터로 제주도의 1.5배 크기다.

물질적 언어와 신비

박 상 수

1.

그는 책을 펼치고, 책을 읽고, 활자를 매만지고, 눈을 감고, 다시 몽상을 하고, 그리고 침묵한다. 타닥탁, 가끔씩 귀를 간질여 오는 것은 먼지들이 일으키는 정전기 소리다. 세계가 텅 비어 있음을 알려주는 것 같은 낮은 잡음들. 아주 예민하게 몸을 열어두지 않으면 들리지 않는 백색의 기척들.

때로 소박하고 상징적인 조형물이 걸린 사방의 벽이 둥글게 그를 짓누르는 것처럼 느껴질 때가 있다. 그는 그 힘에 굴복하지 않겠다는 듯이 천천히 일어나 방안을 걷기 시작한다. 사면의 벽을 따라서, 뭔가를 중얼거리며, 걷는다. 노래하듯 입술은 열렸다 닫히지만 역시 소리가 빠져 있다. 깊은 밤이 되면 등불을 켜기도 하는데 그러면 결이 고운 나무 책상 위로 어떤 작은 세계가 따스하게 열린다. 거기엔 종일 그가 경험한 언어가 쌓여 있다. 언어로 꾸는 꿈이면서 언어를 향한 꿈이기도 한 이 불멸의 이미지.

이것은 채호기 시를 읽고 난 뒤의 인상적인 이미지를 일부 가져와 직조한 장면이지만 실은 그의 시로 침잠해 들어가기 전 우리를 준비시키는 차분한 이미지라 불러도 좋으리라. 이번 시집에서 그는 마치 한 명의 간절한 구도자처럼 침묵 속에서 정진한다. 이 세계에 자신과 언어만이 존재한다는 듯이, 그 외의 것은 그저 흘러 지나가는 세속의 환영에 불과하다는 듯이.

2.

이 순도 높은 몰입의 시간을 세상과 절연된 유폐의 모습으로 해석해야 할까? 그것은 그대로 의미 있는 일이겠지만 한 시인의 기나긴 여정을 생각하자면 꼭 그렇지는 않은 것 같다. 잘 알려진 대로 채호기는 '몸'의 시인이자 '수련'의 시인이다. 그는 이 세상의 복판에 있었고, 거기서 발견한 실체로서의 몸을 치열하고 심도 깊게 탐색해왔다. 몸은 한계인 동시에 세계와 '내'

가 만나는 감각의 현장이기도 했다.

그는 환각의 언어로, 느낄 수는 있지만 손에 잡을 수 없는 감각을 아예 앞질러 구성해내기도 했고, '내'가 아닌 것들을 '너'로 부르며 그것에 다가가기 위해 에로틱한 정염을 불태우거나, 조각난 몸과 분열의 현장을 슬픔 속에 가로지르기도 하였다. 마침내 '나'와 '너'라는 상태가 일면 분리되어 있으면서도 결합된 다중적 공존의 이미지를 수련으로 구체화한 것은 충분히 행복한 체험이었다. 이 변모의 과정은 지독하게 유물론적이었지만 "형이상학적 에로스"(조강석)의 긴장감을 띠고 있다고 말하는 편이 맞겠다.

그의 에로스가 형이상학적인 분위기를 풍기는 이유는 그가 지닌 구도자적 접근의 자세 덕분일 수도 있고, 자신의 감각을 전폭 향유하기보다는 대상화하여 진술하려는 지적 태도 덕분이기도 하겠지만, 하나 더 염두에 둘 것은 따로 '언어'에 있다. 생각과 언어, 사물과 언어가 별다른 균열 없이 대응한다고 믿는 사람들(혹은 이 대응에 관한 문제적인 인식보다 더 중요한 게 있다고 믿는 사람들)은 언어로 표현된 생각이 의미하는 바가 무엇이고, 사물이 얼마나 색다르게 그려졌는지에 먼저 관심을 보일 것이다. 우리 대다수는 바로 이쪽 땅에서 산다. 그러나 이 대응 관계가 필연적으로 균열되어 있다고 믿는 소수의 사람들은 불투명한 언어를 매질로 발생하는 생각이 얼마나 왜곡되어 있는지를 전면화할 것이고 사물이 얼마나 재현 불가능한 독자적인 방식으로 존재하는지 탐구하는 데에 자신을 바칠 것이다.

채호기는 비교적 전자의 편에서 헌신하였지만 후자의 균열에도 시선을 거두어본 적이 없는 시인이었다. 이것은 자신의 재능과 시적 작업 역시 객관화시켜 사유의 대상으로 삼는, 혹은 고도의 언어 예술인 시 자체의 성립 조건을 근본적으로 따져 묻는 지속적인 탐구력과 성찰성에서 추동된 게 아니었을까 싶은데, 그런 이유로, 그의 시적 궤적 내내 '언어'는 독립적으로 생동하여, 즉물적인 완결과 감동을 유예하고 우회하게 만들었다고 보아야 한다.

따라서 어느 시점을 넘어서서 언어가 무엇을 그려낼 수 있을 것인가에 관심을 두는 것이 아니라 언어 그 자체를 탐구의 대상으로 삼으려는 시도는 채호기에게 언젠가는 솟구쳐 오를 형이상학적 과제였다고 말하는 편이 옳겠다. 물론 이것은 어디까지나 결과론적인 추수이며, 그것이 비록 지난한 축적을 토양으로 하더라도, 한 시인의 여정 속에서 영감은 의도치 않게 불쑥 찾아오는 신비로 체험되는 경우가 많다는 것을 인정해야 하리라. 네번째 『수련』을 분기점으로 다섯번째 시집인 『손가락이 뜨겁다』에서 '돌' 혹은 '마이

산'이라는 독특하고 신비로운 이미지로 '언어'가 돌출하였고 이로 인해 형이상학적 탐색의 색채는 더욱 짙어지기 시작했으며 다시, 이번 여섯번째 시집에서 언어를 둘러싼 채호기 특유의 물질적 상상력이 비로소 전면화되었다고 할 때, 중요한 것은 여기까지가 아니라 이다음부터일 것이다.

3.

처음부터 끝까지 일관된 자세로 '언어-물질'을 향해 상상력이 바쳐진 이번 시집에 대해 말하려면 다음과 같은 말도 필요할 것 같다. 보통 우리가 언어를 사용할 때 거기엔 '언어와 대상'의 관계뿐 아니라 '나-언어-세계'로 이어지는 관계의 맥락이 있다. '꽃'이라는 단어는 '실제의 꽃'을 가리키고(언어-대상), 이를 근거로 때로 '지는 꽃의 슬픔'이 '나의 슬픔'이 되고 그것은 곧 '세계를 사는 존재의 슬픔'으로 이어진다(대상-언어-나-세계). 실제의 꽃에서 출발하여 세계에 이르기까지 이를 매개한 것은 언어다. 우리는 보통 별 의심 없이 이 과정을 수행하며 언어 활동을 이어간다. 그러나 정말 그럴까? 여기에서 우리는 A와 B를 쉽게 동일시하는 '은유의 방법론'에 대한 반성을 제기할 수 있다.

만약 대상과 언어가 일치함을 증명할 수 없다면 어쩔 것인가? 게다가 언어와 언어 사이의 범주를 뛰어넘는 동일시가 명징한 인식을 방해하는 위험한 언어 작용에 불과하다면? 꽃과 나와 세계가 어떻게 그렇게 쉽게 연결될 수 있느냐는 말이다. 바로 이러한 반(反)은유의 방법론을 추구하는 쪽의 시인들을, 역설적으로 '언어주의자'라고 칭할 수 있겠다. 언어를 우선으로 세상을 탐구하는 언어주의자들에게 '나-언어-대상-세계'간의 맥락은 대부분 단절되거나 부식되어 있기 마련이기에 그들은 마땅한 자신의 일로 서정시의 인간적인(혹은 습관적인) 기율에 제동을 걸거나 그것을 전복한다. 여기에 비(非)서정, 혹은 반(反)서정이라는 이름을 붙여도 되겠고, 짧게 이들의 방법론을 '비유사성에 근거한 반은유의 방법론'이라 칭할 수 있을 터다. '나-언어-대상-세계'가 자연스레 연쇄되는 게 아니라 서로 미끄러지는 '언어/대상/세계/나'인 셈이다.

그렇다면 채호기의 이번 시집이 위치하는 자리는 어디일까? 언뜻 채호기는 반은유의 방법론을 따라가는 걸로 보인다. '언어'에 관심이 깊은 시인들의 지적 토양이 주로 반은유의 영토였기에 그런 생각은 더욱 당연한 것처럼 느껴진다. 그러나 이번 시집을 완독하여본 사람들이라면 이 독특한 언어 탐구의 자리가 그리 간단하게 정리될 수 없음을 감지하였을 것이다. 당겨 말하자면 그는 반은유의 자리가 아니라, 주로 은유의 방법론이 활성화되는 자리에서, 은유의 방법론을 제한적으로 절단하여 고도로 전경화함으로써 오히려 우리에게 내재된 관습적인 은유의 인식론을 문제적으로 환기시키고, 그것을 수면 위로 끌어 올린다. 없는 줄 알았던 인식의 틀이 드러나는 순간, 그렇게 드러난 은유의 인식론은 사유의 대상으로 우리 앞에 제 골조를 공개하면서, 의도치 않게 반은유의 방법론이 빚어내는 비판적 효과와 비스듬히 만난다. 이번 시집만의 독특한 접근법이다. 그렇다고 채호기가 반은유론의 절망에 이르는 것은 아니다. 그는 구원을 쉽게 믿지는 않지만 그렇다고 당연하다는 듯 꿈을 포기하지도 않는다. 그는 언어를 자기 육체에 안아 은유의 되먹임을 수행하여 의미를 구원하고, 마침내 밀도 높고 독특한 언어의 신비로운 물질성을 창조하여 세상에 고한다. 이것이 바로 이번 시집의 특별한 성취다.

4.

다시 이렇게 말해보자. '나-언어-대상-세계'로 이

어지는 유사성의 체계에서 채호기는 특별히 '나―언어'라는 관계만을 떼어내어, 그것들이 펼치는 제한적 은유의 교환(그 과정의 무대화까지)과 물질적 뒤섞임을, 사유에 내장된 정밀 광학렌즈로 포착, 한 편의 마이크로코스모스로 그려낸다고. 이 고배율의 이미지가 그가 꿈꾸는 시의 일을 개척한다고.

> 눈 속에 너무 많은 것을 집어넣었다.
> 바라보는 것들은 눈을 통과해 스며들지 않고
> 눈 속에 쌓이고 쌓여 팽창한다.
> 〔……〕
> 눈 감으면 포근한 암흑인 것 같은데
> 새하얀 들판, 낮밤을 알 수 없는
> 희끄무레한 생각의 장소. 짐승 발자국,
> 〔……〕
> 시야는 지평선으로 뻗어나가기는커녕
> 창 없는 흰 벽의 독방에 갇혀 있다.
> 〔……〕
> 까끌까끌한 글자들, 바라보면 글자들은
> 눈을 통과해 스며들지 않고
> 눈 속에 쌓이고 쌓여 팽창한다.
>
> ――「팽창」 부분

이 시가 우리 눈에 먼저 들어오는 것은 그가 이번 시집의 독특한 물질적 상상력의 작용 범위를 비교적 선명하게 규정지었기 때문이다. "바라보는 것들은 눈을 통과해 스며들지 않고/눈 속에 쌓이고 쌓여 팽창한다"는 구절에서 우리는 두 가지 사실을 알 수 있다. 책 속의 활자들이 그 자체로 까끌까끌한 물질이 되어 눈 안으로 들어온다는 것과 그렇게 들어온 물질적 활자들은 눈을 지나 육체로 흡수되거나 전이되지 않고 눈 안에 그래도 남아 축적된다는 점이다. 이때의 언어는 결코 비유가 아니다.

그러니까 보통의 경우, 여기 책 속에 '강물'이라는 단어가 있다면 강물은 독해된 뒤에 실제의 강물을 연상시키면서 개인에게 내장된 관련 이미지와 정서를 건드린다. 그/녀는 어린 시절 고향에서 물장구치던 강물을 떠올리며 의자에서 일어나 문득 창밖을 바라보게 될지도 모른다. 전개 방향과 행동 가능성은 n개의 차원으로 열려 있다. 그러나 채호기는 활자가 뻗어나가는 다른 경로를 다 틀어막고 오직 그것을 '나-언어'로 제한시킨 뒤에 활자 그 자체를 평면물질로 다룬다. 배후(의미/대상/세계)가 없는, 그러면서도 실체를 갖고 있는 물질로서 언어를 다루는 것이다. 이런 점이 독창이라는 말이다. 책을 읽을 때 눈이 피곤해진다. 글자를 눈에 '담기'에 그렇다. 채호기의 시집을 읽고 나면 이제 이 말은 비유가 아니라 직접적인 행위의 명징한 지시가 된다. 그리고 이 순간의 언어 활용이 금욕적인 색채를 풍기는 것은 이것이 나와 언어의 직접 대면만을 허용하고, 언어가 다시 대상으로, 그리고 세계로 전환되는 과정은 매우 철저하게 제한하고 있기 때문이다.

「타임머신」이라는 시가 특히 그러하다. 어디선가 한 여인에게서 전화가 왔다. 그녀는 자기 기억 속의 '나'를 말하며, 아는 척을 하지만 그건 기억이 왜곡된 모습일 뿐이다. 그런 모습은 책 속에나 있을 것이라는 화자의 말에서 우리는 언어와 거기서 촉발된 기억의 왜곡에 대한 시인의 경계를 알 수 있다. 바로 이런 치밀함이 '언어-대상-세계'로 연결되는 길목에 매복해 있다가 각 영역의 통로가 열리려고 할 때마다 철저하게 문을 닫아버린다.

물론 이를 거스르는 듯한 시편들이 눈에 뜨이는 것도 사실이다. 그중 「모자」라는 시를 보자. "모자라는 단어가 있다/단어에서 그녀가, 물컹, 생겼다./모자 쓴 그녀가 저기 산길을 간다"로 시작하는 이 시는 오히려 통상적인 은유의 방법론을 적극적으로 과잉 수행한다. '모자라는 단어'가 실제의 '모자'를 떠올리게 만드는 과정(A), '그녀가 물컹 생겼다'라는 언어가 발화되는 순간 정말로 한 여자가 나타나 산길을 걸어가고 있는 장면(B), 게다가 그 여자는 모자까지 쓰고 걸어가는데(C), 만약 우리가 당연하다고 생각하는 A의 작용이 일상적이라면 우리가 불가능하다고 믿는 B와 C가 가능하지 말라는 법도 없지 않은가?

그러나 이는 모두 언어의 내적 논리 안에서만 가능할 뿐 실제 현실을 대입하여 들어가면 B와 C는 증명 불가능할 뿐 아니라 발생 가능성이 극히 희박하다는 이유로 가상이나 환상으로 처리될 법한 언어가 된다. 그렇다면 역으로 A 역시 사실은 지극히 자의적인 위험한 가상이 아닌가? '모자'라는 단어가 어떻게 실제의 모자를 떠올리게 한단 말인가? '내'가 떠올리는 모자와 '네'가 떠올리는 모자가 같은 것이라고 누가 확인해줄 수 있을까. 바로 이 순간 우리는 은유적 방법론에 의해 가동되는 우리의 무의식적인 언어 활동의 기계적 골조를 들여다보게 되고 이에 심대한 의문을 품게 된다. 채호기는 바로 이런 과정에 조도 높은 탐사등을 쬐어서, 데리다식으로 말하자면 언어에 대한 '백색 신화'를 시로 다시 쓴다.

이렇게 되면 세계가 흔들린다. 언어만 흔들리는 것이 아니라 언어로 습득된 우리의 인식과 감각이 교란되며 카오스에 빠지는 것이다. 그는 언어를 낯설게 운용하여 세계를 뒤흔든다. 활자를 탐독하는 것이 진리에 다가서는 길이라는 듯이 지극히 냉염하나 끈질긴

독서가의 옷을 입은 채로, '제한된 과잉'과 '지속적 금
욕'을 반복적으로 뒤섞어 씀으로써 언어를 탈은폐시
킨다. 그리고 이 과정은 덧칠하듯 반복되며 축적된다.
우리는 그의 시를 읽으면서 언어에 대한 전면적인 재
사유를 요청받는다.

　바로 이 순간 그는 점검하는 사람이고 다시 보는
사람이며 따져 묻는 사람이다. 활자는 녹아 몸으로
깊이 흡수되지 않고 오직 눈동자 안에만 머물고, 상
상력의 심원한 공간으로 해소되는 것이 아니라 우선
무릎 꿇고 묵상하는 자의 촘촘한 사유 대상이 된다.
그렇게 활자는 점점 쌓여서 눈[目]이라는 공간은 팽
창하게 된다. 다른 경우에 눈은 하얀 백지와 활자, 즉
책과 활자로 대체되기도 한다. 그것은 자기 관조적인
내향성의 공간을 깊게 열어놓는다. 그러나 이 깊이
는 역시 심장과 피, 육체로 전환되는 깊이라기보다는
"창 없는 흰 벽의 독방"(「팽창」)과 같은, 비육체적이
고 형이상학적인 내향성의 공간이 만들어내는 안으
로의 깊이라고 할 수 있다. 불빛으로 둘러싸인 이 독
특한 팽창의 공간이 채호기의 '나'와 '언어'가 만나는
성소다.

5.

    그렇다면 불빛은 책의 활자에서 온 것인가, 아니면 그의 몸에서 온 것인가. 그는 불빛, 이 숨 쉬는 실체를 감싸 안듯이 두 손을 적신 채 다시 눈을 감는다. 음영의 경계에서 잠에 빠진 것처럼 눈꺼풀 뒤의 눈동자가 이리저리 움직이는 것이 보인다. 순간 언어는 몸에 새겨진 하나의 구체적인 물질이 된다. 청결하게 연마된 모래알이 하나의 무리가 되어 눈동자와 눈꺼풀 사이를 이동하며 무수한 실체로서의 이미지를 만든다. 잠시. 하나의 사물과 문장이 휘몰아쳐 커다란 돌처럼 맺어졌다가 기약 없이 사라져간다. 그리고 다시. 농밀한 수면을 부드럽게 헤치며 침묵이 솟아오른다. 침묵의 소리. 잠김과 울림의 잠재된 기척들. 그것을 다스리는 침묵과 언어와 세계. 이 모든 것은 여전히 불가해하지만 그가 견지한 침묵은 내맡긴 자의 헌신을 떠올리게 한다. 어떤 비밀을, 겨우, 조금 허락받은 것 같은 느낌. 그리고 잠깐의 순수한 기쁨이여.

    이것은 이번 시집에서 채호기의 시적 여정이 도달하게 될 기항지를 암시하는 하나의 이미지가 될 수 있을 것인가? 시집의 초반부, 자기 몸 안으로 언어를 받아들이는 과정에서 스스로를 '여성적 화자'로 설정하여 엎치락뒤치락 언어와 '질 수밖에 없는 레슬링'을 펼

쳤던 시인은 언어가 눈 안으로 진입한 뒤에는 비교적
'남성적이거나 중성적인 화자'의 목소리를 유지하며
탐색을 계속해나간다. 이때 '나-언어' 사이에서 펼
쳐지는 세밀한 탐구는 그렇게 발생한, 설명할 수 없는
어떤 상태를 '너'로 칭하며 "너는 내 안에서 끄집어낸
새인가, 빛나는 반짝임, 피의 불꽃인가?"라든지 "너
는 저 숲 속에서 팔랑거리는 글자들의 잎맥에서 눈뜨
는가?/아니면 내 안의 어둠 속에서 맞닥뜨리는/단
단하고 훤칠한 돌의 침묵하는 입상인가?"(「어떤 페이
지」)라는 질문을 던지는 교리문답의 시간으로 스스로
를 이끌기도 한다.

또한 "글자를 읽는다. 문장을 읽고 있는 게/아니라
이 순간 그 안에서 살아가고/있는지도 모르겠다"(「애
무의 행로」)라고 말하고는 있지만 살아가는 감각을 직
접 형상화하는 것이 아니라 살아가고 있음을 대상화
하여 관조하고 있다는 면에서 이 문장은 채호기 특
유의 성찰적 시선을 대변하고 있다고 봐야 한다. 그의
시가 끊임없이 메타적인 성격을 띠며 사유의 단계를
심화해나가는 특성과도 연관되는 부분이라 하겠다.
그렇다면 이것을 '형이상학적 물질주의' 혹은 '형이상
학적 물질론의 상상력'으로 부를 수는 없을까? 관조
와 사유의 힘을 견지하면서, 자기 육체에 잠재된 언
어, 자기 감각에 부딪혀오는 언어만을 집중적으로 탐

구함과 동시에, 그것을 '언어 – 물질'이라는 실체로 다루고 있으니 말이다. 이때 그의 '언어 – 물질'은 계속 말해온 것처럼 일상적 은유의 방법론이 상당부분 제거되어 있지만, 그러나 어떤 대상을 만나는 순간, 계시를 받은 것처럼 억압한 은유적 방법론을 활성화시키면서 전혀 다른 단계로 상승한다. 그리고 바로 여기서 '물질'의 '상상력'이 심화되어 가동된다.

책을 읽다가 밤이라는 단어에 딱 걸린다. 밤이 그 어둠 속으로 시선을 몽땅 빨아들였다. 〔……〕 말은 몸 안에서 떠돌다 몸속 어둠보다 더 어둡고 깊은 밤이 된다. 〔……〕 밤은 길을 가로막는 거대한 돌이기 때문이다. 〔……〕 길을 걷다 발밑에 굴러다니는 돌멩이를 보면 주저앉아 찬찬히 들여다본다. 그때는 나도 모르게 밤이란 단어를 어루만지며 그 촉감과 소리와 그 양파 같은 의미의 껍질들 앞에 있는 나를 발견하게 된다.//지금 나는 밤길을 걷다 돌 앞에 서 있다. 〔……〕 나는 지금 그 돌의 살갗을 만지고, 표면에서 희미하게 반짝이는 빛을 들으며, 내 안의 밤과 마주한 듯하다. 〔……〕 나도 얼마간 내 안의 밤과 친숙해지면서 그 밤과 섞이게 될지도 모른다. 그 순간부터 이제 밤은 더 이상 밤이 아닐지도 모른다. 밤에 돌이 참 아름다운 것은 모두 그 때문이다.
　　　　　　　　　　　　　　　　　　　—「돌」 부분

채호기의 세계에 은유가 활성화되고 의미가 개입하는 부분이다. A와 B가 표면적으로는 전혀 같지 않음에도 불구하고 그것이 A=B로 연결될 때, 누군가 제안한 이 수수께끼적 관계는 새로운 사유와 감각을 촉발시킨다. 그 결과 인식은 뒤바뀌고 그 서술적인 완결로 전혀 다른 두 세계가 신비롭게 만난다. 언어 활동으로 생산되는 수수께끼와 신비가 해석되면 그것이 바로 '의미'다. 의미는 이렇게 만들어진다. "은유의 위험은 불가피할 뿐 아니라 불가결하다. 은유는 언어가 새로이 기술되고 의미가 증대될 수 있게 하는 의미론적 혁신의 원동력"(김애령, 『은유의 도서관』, 그린비, 2013, p. 9)임을 고려한다면, 이제 논리실증주의적인 관점에서 은유가 일종의 환상에 불과할지라도, 우리가 거기에 기대어 살아가는 것은 그렇게 해야 소통이 가능하고 의미가 생산되기 때문이며, 의미가 있어야 삶을 지속할 수 있기 때문임을 넉넉히 인정하게 된다. '인생은 인생'이라는 동어반복은 사람을 살게 하지 못하지만 '인생은 마라톤'이라는 은유는 말의 가장 낮은 차원에서 익숙한 관용어가 되어버렸음에도, '의미'를 발생시킨다는 그 이유로 삶을 지속케 하는 힘을 준다.

채호기의 시에서, 그동안 억압되었던 은유는 그 완벽한 영감의 대상을 만나는 순간, 비록 제한된 영역

안에서이지만 그 심원한 상상력의 불꽃을 튀기기 시작한다. 그리고 이때 만나는 인상적인 이미지 중의 하나가 바로 위의 시에서 확인할 수 있는 '돌'일 것이다. 화자는 책을 읽다가 마주한 "밤"이라는 활자에 시선을 멈춘다. 순간 활자가 고스란히 밤의 속성을 구현한 실체가 되는 것은 채호기 특유의 은유적 방법론의 과잉 재현이지만, 이다음의 진행 방향이 다른 시들과는 좀 다른 것 같다. 이제 최초의 활자인 밤은 실제의 '밤'이 되었다가 내 몸 안에서 '더 깊은 밤'이 되고 다시 '거대한 돌'로 변모한다. 그리고 이것은 다시 길을 걷다 발에 차이던 '돌멩이'가 되었다가 '밤길을 걷다 만난 돌'로 전환된다. 마침내 그것이 '내 안의 밤'과 같은 유사성의 계열로 연결되기까지 그야말로 화려한 은유적 방법론이 펼쳐진다. 이것은 서정시의 일반화된 방식이 아닌가?

그렇지는 않다. 그동안 채호기가 거쳐온 과정이 이 풍경의 내적 전개에 언어 탐구의 맥락을 잡아주고, '돌'이 현실의 대상과 세계로 직접 연결되지 않는 '나-언어'만의 독특한 은유로 제한 적용될 때, 덧붙여 불가능할 것 같았던 '나'와 '언어'의 직접적이고 물질적인 만남이 오랜 사유 끝에 실체화되면서, '형이상학적 물질론의 상상력'에 해당하는 풍성한 예로 전환되기에 그렇다. 그의 탐구는 이제 드디어 '의미'를 생

산하기에 이른다. 불가능할 것만 같았던 '나-언어'
간의 이 행복한 뒤섞임은 애초의 미지(未知)를 기지
(旣知)로 중첩시키고 또 다른 은유로 연쇄하면서 '미
(美)/의미'에 도달한다.

6.

언어물질론자의 관능이 신비로운 이미지를 만나면
서 가장 화려하게 만개한 것은 두말할 것도 없이 「얼
음」이라는 작품일 것이다. 그는 이번 시집의 마지막
시에서 마치 언어의 분자생물학자인 것처럼 미세하고
섬세하게, 그러나 활달하면서도 자유자재로 언어라는
물질을 은유의 풍부한 되먹임 속에서 다룬다.

눌러도 눌러도 가라앉지 않고
입안을 미끄러지는 말은 얼음이다.
거대한 유빙이 몸속을 떠다닌다.

얼음은 침묵이다.
침묵은 입 다문 영혼,
[……]
언어는 소리도 글자도 아니며

우리가 상상하는 부재하는 사물도 아니며

우리가 생각하는 뜻도 아닌 것.

언어는 침묵이다.

[……]

침묵이 언어와 조우하는 불가능한 광경을 목격할 수

있다면

어쩌면 침묵은 이 거대한 빙산이다.

[……]

이 빙산은 대양을 표류하는 방랑자,

꿈 위를 걸어 다니는 영혼이다.

[……]

얼음과 입술.

그것은 육체의 수면을 시원스레 벗어나

바깥 공기와 사물들의 반짝임에 뒤섞인다.

—「얼음」부분

  인간의 입안에서 탄생하는 '말—언어'란 얼마나 신
비로운가. 그것은 우리 육체의 어디에 존재하다가 불
현듯 노랫말처럼 부드럽게 입술을 빠져나올까. '글
자—언어'란 또 어떤가. 인간은 어떻게 그저 인쇄된 잉
크의 얼룩에 불과한 형상을 보고 제 몸을 떨며 상상
하고, 꿈꾸고, 또 감동받을까. 어떻게 그것으로 사유
를 형성하고 관점을 세우고, 그렇게 만든 관점의 차이

때문에 다투거나 심지어는 전쟁을 벌이기도 하는가.
실재하지만 그 기원을 알 수 없고, 때로 한 존재의 전
부를 지배할 만큼 위력적이지만 손에 쥐려고 하면 이
내 녹아 없어져버리는 것. 실체면서 비실체인 그것. 없
지만 있는 이 거대한 것. 그렇다면 언어는 얼음이고
빙산이다. 인간은 제 안에 모두 다 거대한 빙산을 친
숙한 영혼으로 간직한다.

　아니다. 언어는 어쩌면 '침묵'인지도 모른다. 언어가
존재하지 않을 때가 침묵이 아니라 침묵이 겨우 그쳤
을 때 언어가 잠시 제 모습을 드러냈다가 침묵 안으로
돌아가 잠드는 것인지도 모른다. 그렇다면 침묵은 언
어를 품은 거대한 빙산이라고 할 수 있지 않은가. 그
리고 빙산은 다시 "대양을 표류하는 방랑자" "꿈 위
를 걸어다니는 영혼"이 되고…… 아! 한 구절 한 구절
이것은 꿈꾸는 자의 몽상으로, 채호기만의 독특하고
형이상학적인 물질론의 상상력으로 떠받쳐져야 한다.
그래야만 그 진면목을 우리 감각에 영롱한 기쁨으로
되돌려줄 수 있으리라. 꿈 안에서 우리는 채호기 시의
가장 아름다운 역동성을 경험하게 되리라. '얼음'의 이
미지는 채호기의 물질적 상상력이 도달한, 이번 시집
을 통틀어 언어에 대한 가장 독창적인 정박지다. 채호
기의 시를 읽고 그의 어법에 익숙해진 독자들이라면
능히 이 은유의 축제에 참여할 수 있을 것이다. 현란

하고 격렬하지만 언어의 별자리 속에 잠긴 것처럼 황홀하리라……

채호기는 몸과 사유의 심층에서 관습적으로 작동하는 언어를 전제하는 것이 아니라, 그리하여 은유의 환상으로 이미지와 의미를 만들고 그것의 감동과 개성을 우선 높이는 것도 아니라, 지나치게 명징한 환상으로서의 언어를 직접 부각시킴으로써 오히려 일정한 소격 효과를 만들어내어 은유적 언어의 활동을 치열한 성찰의 대상으로 뒤바꾸어놓았다. 하여 언어로 구성되는 시, 시가 만들어내는 세계는 근본에서부터 흔들릴 수밖에 없었다. 그는 자기 관조적인 성찰의 성숙에 몸을 실어 은유적 방법론의 제한적 사용과 과잉 – 가속 전환, 설계 과정의 직접 전시를 통해 자신의 시를 일종의 개념미술에 가까운 형이상학적 작업으로 바꾸어 반은유적 방법론의 영지에 길을 트고 들어갔다. 그리고 그 안에서 다시 언어의 물질성을 극대화시킨 은유적 방법론을 현란하게 구사하여 의미가 신비로 도약하는 구성물을 만들어낸 것이다. 언어의 수수께끼는 완벽하게 풀리지 않았지만 풀리지 않았다는 이유로 우리의 꿈은 깊이를 얻고 다시 겹으로 덧입혀진다. 그렇게 '언어–물질'이 채호기의 상상을 거쳐 우리 안에 인상적인 실체로 배분된다.

오직 한 사람만이 들어갈 수 있는 예배당이 있다

면 바로 거기, 청결한 독방 안에서 그는 정신을 투명
하게 할 음식들을 조금씩만 먹으며 하루의 대부분을
완전한 묵상의 시간으로 보낼 것 같다. 계절이 어떻게
변하는지, 누가 죽고 살며, 저 겨울나무 뒤편으로 노
을이 어떻게 지는지 잠시 잊어버린 채. 누가 이 침묵
을 방해할 수 있을 것인가. 그리고 이 오랜 헌신과 시
간의 역사, 형이상학적 물질론의 상상력을 통과하여
드디어 빙하의 언어가 탄생한다. 어둠과 침묵. 휘장은
걷히고 입술이 열린다. "그것은 육체의 수면을 시원
스레 벗어나/바깥 공기와 사물들의 반짝임에 뒤섞인
다"(「얼음」). 이 시집은 우리의 입술이 열려 언어가 태
어날 때까지의 여정을 고독과 침묵 속에서 탐구한 한
물질론자의 비범한 수상록이다. ▨